Floraison sauvage

Du même auteur

L'Immortel Bartfuss
Éditions Gallimard, 1993
Le Seuil, « Points », n° P1385, 2005

Katerina
Éditions Gallimard, 1996

Histoire d'une vie
Éditions de l'Olivier, 2004
Le Seuil, « Points », n° P1384, 2005
Prix Femina étranger 2004

L'Amour, soudain
Éditions de l'Olivier, 2004

Le Temps des prodiges
Le Seuil, « Points », n° P1259

Tsili
Le Seuil, « Points », n° P1258

AHARON APPELFELD

Floraison sauvage

traduit de l'hébreu
par Valérie Zenatti

ÉDITIONS DE L'OLIVIER

L'édition originale de cet ouvrage est parue
chez Keter (Jérusalem) en 2004,
sous le titre : *Periha praïte*

ISBN 2.87929.491.6

À la mémoire de mon ami Leib Ruchman (1918-1978)

1

C'était le soir, et Amalia se tenait à la fenêtre. Depuis de longs mois l'horizon n'avait pas rougeoyé ainsi : des seaux de feu, toutes les couleurs du feu, épaisses, se déployaient jusqu'à l'obscure bordure de la vallée. C'était un spectacle éblouissant, et Amalia ne bougea pas jusqu'à ce que les rayons sombrent dans le ravin.

Puis le silence s'installa et on n'entendit plus aucun bruit dans les chambres. Amalia enveloppa son visage de ses mains, comme quelqu'un qui désire garder pour soi une vision. Il sembla un instant qu'elle demeurerait assise ainsi jusqu'à ce que le jour meure et que l'obscurité gagne la maison et la cour. Ce n'était qu'une impression : elle se recroquevilla et, soudain, elle éclata en sanglots. C'étaient des sanglots lourds, qui montaient du plus profond d'elle-même et secouaient tout son corps.

Son frère se précipita :

– Qu'y a-t-il ?

À ces mots, Amalia se crispa plus encore et elle tomba par terre.

– Qu'y a-t-il ? répéta-t-il en se penchant vers elle.

– J'ai peur.

– Peur de quoi ?
– Je ne sais pas.
– Reprends-toi.

Elle leva la tête, ouvrit les yeux et dit :

– Je ne peux pas la surmonter.
– Surmonter quoi ?
– La peur.
– Il ne faut pas avoir peur.
– Je ne pleurerai plus, dit-elle d'une voix assourdie.

Ses sanglots se calmèrent et elle s'assit. Il percevait encore, cependant, le tremblement de son corps et ses soupirs saccadés. Comme à l'automne précédent, il parla de la nécessité de dominer la crainte et l'effroi, de rassembler des forces pour affronter la neige et le froid qui ne tarderaient pas.

Elle lui coupa la parole :

– Pardon.
– Je ne comprends pas de quoi tu as peur.
– De l'automne.
– Chaque année c'est le même automne. Ce n'est pas quelque chose à redouter. Il y avait déjà l'automne en bas, dans la plaine. Un automne s'en va, un autre vient.
– Ce n'est pas pareil ici.
– C'est ce qu'il te semble.

Il se leva, se dirigea vers le chandelier et l'alluma. La lumière révéla le visage d'Amalia. L'étroite cicatrice au-dessus de son sourcil droit, qu'il aimait contempler depuis l'enfance, avait jauni.

– Il fera froid cet hiver ? demanda-t-elle, comme si elle émergeait d'un sommeil lourd.

– C'est probable, mais il n'y a pas lieu de s'inquiéter. La réserve est pleine de bois, et au besoin, nous allumerons le deuxième poêle. Il fera chaud et doux.

À ces mots, le visage d'Amalia s'épanouit, un peu de sa beauté enfouie ressurgit et l'illumina.

– Tu es trop craintive, la sermonna-t-il avec douceur.

– Je sais, mais qu'y puis-je ?

– N'oublie pas : nous avons vécu ici des jours merveilleux, avec des aurores éblouissantes, des crépuscules splendides et des floraisons chatoyantes au printemps. À nous de garder en mémoire la beauté. La beauté et la splendeur nous enseignent qu'il faut être modeste, se contenter de peu et recevoir avec gratitude ce qui nous est donné.

Amalia leva les yeux comme si elle s'apprêtait à dire : « Mais la solitude me dévore. »

Les Sages attribuent de nombreuses vertus à la solitude, lorsqu'on la transforme en contemplation tout se change en bien, songea-t-il de son côté.

Amalia devina ses pensées et écarquilla les yeux. Il était difficile de savoir si les propos moralisateurs la rendaient perplexe ou circonspecte. Elle, quoi qu'il en soit, aimait son frère encore plus lorsqu'il était ivre et qu'il ne la sermonnait pas mais riait, d'un doux rire plein de sollicitude et de bonté. Il évoquait des souvenirs émouvants, imitait des gens méchants et disait finalement : « Appelle-moi mon frère, mon amour, Gad. »

Il sortit de la pièce sans un mot. L'obscurité était plus dense qu'il ne l'avait pensé. D'épais blocs de ténèbres obstruaient l'horizon et il tâtonna jusqu'à l'alcôve pour allumer la torche, comme il le faisait chaque jour. Mais aujourd'hui, peut-être à cause des sanglots d'Amalia, tout lui semblait rétréci et menaçant.

S'il n'y avait eu l'obscurité, il serait descendu à la taverne des Gentils et aurait bu quelques verres. Les effluves de vodka mêlés à la sueur des hommes et au crottin du bétail l'apaisaient, il rentrait de là-bas titubant et joyeux. Parfois, une Ruthène croisait son chemin et il passait une heure ou deux en sa compagnie. Les Ruthènes des montagnes ne prennent pas des mines de vierges effarouchées. Lorsqu'un homme les approche, elles couchent avec lui. Quand Gad revenait, Amalia savait d'après son visage et l'odeur de ses vêtements qu'il n'était pas descendu faire des courses. La chose lui déplaisait et la torturait en secret.

L'automne arrivait et ces plaisirs deviendraient inaccessibles. Des nuages bas s'accrocheraient aux fenêtres jusqu'à les recouvrir. Des bourrasques de pluie, de grêle, précéderaient les tempêtes de neige. Dès lors, plus personne ne partirait ni ne viendrait. La plaine en cette saison est une terre désirable hors d'atteinte. Gad serait seul avec lui-même et sa sœur Amalia. Ensemble ils combattraient le froid et la neige qui menaceraient de les engloutir. Mais il n'y a rien à craindre. Gad s'est occupé de tout. Il a nettoyé les poêles et préparé quantité de bûches à brûler. Amalia a rangé les provisions dans le cellier et la cave, mis en conserve du chou et des concombres, fait sécher des fruits, battu du beurre. Même si l'hiver se prolonge, ils auront de quoi manger.

Le mois précédent, l'endroit bruissait encore de gens, peu nombreux mais à la présence forte. Ils étaient venus demander la santé ou le salut. Il y avait parmi eux des croyants dont chaque geste révélait la foi et d'autres, accablés par un désespoir qui ne les laissait pas en paix, même ici. Les plus éloignés de Dieu étaient les marchands de remèdes et de colifichets. Ils proposaient des potions douteuses en misant sur la naïveté des autres. Gad avait un compte à régler avec eux, ils éveillaient sa colère, et il les avait plus d'une fois chassés. C'est étrange : les charlatans sont inéluctablement attirés par les lieux empreints de sainteté. Leur duperie y atteint le sommet de son art et s'exprime pleinement. Les Anciens, des fidèles de Dieu, avaient maintes fois décrété l'excommunication à leur encontre. Sans succès. Leur ruse se perfectionnait au fil des années. À présent, ils n'avaient plus à vanter les mérites de leur camelote car les gens la leur achetaient en cachette.

Gad se les rappelait tous, un à un. Ici, un homme change, même après trois ou quatre jours. La cime pétrit le corps et l'âme, et il en descend autre. Il n'est pas dans le pouvoir de Gad de leur offrir le salut mais les pèlerins s'infiltrent en son âme et y résident, ils sont pour lui tels des frères perdus. Seuls les jours longs et tendus de l'hiver les effaçaient peu à peu de la mémoire.

L'an dernier l'automne était doux. Des souvenirs anciens emplissaient la maison bien chauffée. Amalia évoquait des détails enfouis de son enfance. L'image de son père ne la lâchait pas. Un homme grand et maigre qui avait mené une existence discrète durant toutes ces années, et dont la mort non plus n'avait pas laissé grande impression, telle la disparition d'un hôte insignifiant en ce monde. Cet automne-là, elle avait beaucoup pleuré son père, comme si sa mort venait seulement de lui être annoncée.

– Nous devons descendre rendre visite à papa, avait-elle murmuré.

– Quand ?

– Lorsque le temps s'éclaircira.

– Et qui gardera les sépultures saintes ?

À ces mots, elle avait éclaté en sanglots.

Il savait qu'Amalia acceptait mal le décret qui leur imposait de ne pas quitter la cime. Chaque fois que la langueur ou les angoisses la submergeaient, un cri déchirant s'élevait d'elle : « Quand descendrons-nous ? » Ces plaintes désespérées étaient plus pénibles à Gad que l'enfermement lui-même.

L'endroit serait vide. Seuls lui et Amalia étaient prisonniers de cette désolation. Cette pensée lui coupa la respiration. Il hésita un instant à rentrer. À présent il se souvenait avec netteté du crépuscule qui avait incendié l'horizon, du visage stupéfait d'Amalia, et il laissa la peur, qui lui était habituellement étrangère, s'insinuer dans son cœur. Il s'agissait, selon toute vraisemblance, de l'angoisse qui saisit les prisonniers, quels qu'ils soient. En arrivant ici, six ans auparavant, il ne soupçonnait pas qu'il quittait ce qui était la règle du monde pour entrer dans un monde de solitude.

À son retour, il trouva Amalia occupée à descendre au cellier des sacs de pommes de terre qu'elle portait avec une précaution et une attention animales.

– Pourquoi ne m'as-tu pas attendu ?

– Ce n'est pas lourd, répondit-elle sans s'arrêter.

Gad, curieusement, ne l'aida pas cette fois et elle traîna les sacs avec énergie jusqu'à l'entrée du cellier. Puis, elle attrapa la caisse de pommes qu'elle descendit aussi. Une odeur de moisi s'éleva et emplit la maison.

Lorsqu'elle en eut fini avec les sacs et les caisses, elle essuya la sueur à son front et dit :

– Nous avons huit sacs de pommes de terre, cela devrait nous suffire.

Son visage rond et moite exprimait la même simplicité que celui d'un homme qui travaille la terre.

– Il reste encore des pommes dans les arbres, dit-il.

Amalia s'assit sans répondre.

Le poêle ronronnait et répandait une chaleur agréable propre à l'hiver. La faim qui l'avait tenaillé s'estompa. La fatigue l'enveloppa.

– Et si nous buvions un café ? proposa-t-il pourtant.

– Je ne veux rien, dit-elle, les bras ballants.

Ils demeurèrent un long moment immobiles. Elle sur le châlit près du poêle et lui en face, sur celui qu'il avait construit. Les bûches étaient sèches et les flammes bleues diffusaient une lumière paisible. La journée, les craintes et les tourments tombaient à leurs pieds comme des feuilles mortes. L'inquiétude et la peur les exténuaient, et ils s'effondrèrent sur leurs châlits pour s'endormir aussitôt.

2

Le lendemain, lorsque Gad se leva, il faisait encore nuit. Les braises étaient chaudes dans le poêle. Le crépitement des flammes parvenait jusqu'au châlit d'Amalia, toujours plongée dans le sommeil. En voyant son visage sur l'oreiller, il se remémora la journée de la veille. Il lui semblait qu'il n'avait fait rien d'autre que contempler avec Amalia les splendeurs du crépuscule qui avaient assombri ses yeux. À présent il ne ressentait plus aucune douleur, ses membres étaient apaisés, et tout lui paraissait clair.

Il descendit dans la cour. Les chiens l'accueillirent par des aboiements joyeux et il se dépêcha de leur servir les restes du dîner. Les chiens étaient si affamés que leurs corps allongés et robustes tremblaient. Gad aimait leur compagnie le matin.

Le travail l'attendait à l'étable. Au début, ç'avait été le domaine d'Amalia, elle s'occupait de la vache et la trayait, mais depuis qu'elle y avait surpris des voleurs elle craignait de s'y rendre. Plus d'une fois il l'avait sermonnée et plus d'une fois il l'avait obligée à aller traire la vache. Elle s'était pliée à ses injonctions mais un matin elle était rentrée dans la grande pièce, le visage livide comme de la chaux, les mains ensanglantées. La vache venait de la bousculer et de la faire tomber. Elle était restée deux heures assise sur le châlit, silencieuse. Plus tard, elle avait éclaté en sanglots. C'était un sanglotement qui s'élevait du plus profond de son être, il avait ébranlé Gad autant qu'Amalia. Depuis, l'étable était son domaine à lui. Gad ne rechignait pas à s'y rendre. Il aimait cet animal soumis, qui prodiguait chaleur et reconnaissance quand il le soignait et le brossait. Aux beaux jours, il emmenait la vache aux pâturages. Le matin en sa compagnie était un moment de plaisir tranquille. À la fin de l'été, il allait avec elle jusqu'au cimetière chrétien abandonné. De ces sommets, le paysage était encore plus vaste, il n'était que cieux. Une fois, il y avait entraîné Amalia mais l'altitude et le vertige l'avaient rebutée, et elle n'était plus revenue.

Entre-temps, Amalia s'était levée et avait préparé le petit déjeuner. Gad lui demanda joyeusement :

– Belle jeune fille, comment as-tu dormi ?

– J'ai rêvé toute la nuit de notre maison, à Jadov.

– Comment était-elle ?

– Comme nous l'avons laissée.

– J'ai cessé de rêver, dit-il d'une voix tranchante, pour ne pas se laisser entraîner sur ce terrain obscur.

– J'aime les rêves, ils me remplissent d'espoir.

– L'homme doit être en accord avec ce qu'il possède, et nous possédons beaucoup.

– Je sais.

– J'éloigne le rêve de moi, le rêve est un mirage.

– Je dois apprendre à faire de même, dit-elle, pour se concilier les grâces de son frère.

Gad fut satisfait de cette réponse, tout en sachant qu'elle avait été prononcée dans le seul but de lui plaire.

La boule de pain trônait au centre de la table et fit remonter le souvenir des journées d'été si vite passées. L'été, Amalia avait l'habitude de se lever en même temps que lui, d'allumer le poêle, de préparer la pâte puis de s'asseoir en contemplant les flammes à distance.

Autrefois, ils vendaient les miches fraîches aux pèlerins. Les gens complimentaient la jeune boulangère. Amalia inclinait alors la tête et disait : « Que le Nom nous bénisse tous. » Gad aimait la regarder lorsqu'elle se tenait près des miches brunes. Beauté et grâce s'entrelaçaient en elle. Il redoutait les yeux avides des hommes et il avait été sur le point de cesser la vente mais très vite il s'avéra qu'il n'y avait pas lieu d'intervenir. La misère toucha presque tous les pèlerins, qui n'avaient même plus les moyens d'acheter un quignon.

– Il fait comment dehors ? demanda-t-elle.

– Le vent disperse les nuages. Vers midi nous aurons un peu de soleil.

– Pourquoi les nuages me rendent-ils si mélancolique ?

– Il ne faut pas trop les regarder.

Gad était assis à sa place. Le contact avec les chiens affamés et le travail à l'étable lui avaient ouvert l'appétit. En plus de la miche de pain étaient posés sur la table deux morceaux du fromage qu'Amalia avait préparé la veille au cellier, un broc de crème et des tasses de café fumant. Gad remplit son assiette de toutes ces bonnes choses.

Amalia se tenait à côté de lui, silencieuse. Autrefois, ils s'asseyaient tous les deux et parlaient. Amalia racontait et

Gad écoutait. Depuis l'enfance, elle aimait orner ses propos de mots rares ou inventés. Elle avait son propre vocabulaire, si bien que les gens avaient du mal à la comprendre, et cette étrangeté fascinait Gad. Elle ne disait pas « le ciel » mais « la lumière au-dessus de nous ». Elle remplaçait « rideaux » par « voiles ». Au début, tout le monde était persuadé qu'elle les lisait dans les livres. C'était à tort, bien entendu. Enfant, elle aimait employer des mots inusités. Mais sa mère considérait cette habitude comme un défaut et la grondait : « Parle normalement, sinon on ne te comprendra pas. » Ses remontrances n'y faisant rien, elle gifla Amalia, qui cessa d'user de mots étranges. Elle cessa tout bonnement de parler, et de cela non plus sa mère ne fut pas contente. « Les gens vont penser que tu es muette ! » Mais ces critiques-là ne changèrent rien non plus. Son silence alla s'amplifiant, d'année en année. Lorsqu'elle était obligée de prononcer une phrase, elle s'empourprait comme une betterave. Gad avait espéré que la cime lui rendrait son langage. Et en effet, dès la première année, elle parla, raconta et décrit en glissant parfois un mot rare. Mais tout cela ne dura guère et elle redevint muette.

– Pourquoi tu ne parles pas ? Les gens vont venir cet été et tu devras leur parler, lui dit-il, en tentant de la sortir de son mutisme.

Il savait qu'en lui aussi s'était opéré un changement profond. Sa langue s'était comme collée à son palais. Chaque fois qu'il voulait dire quelque chose, sa gorge se serrait et il suffoquait. Pourtant, il réclamait d'Amalia ce que lui-même avait du mal à faire. Ils restaient assis des heures près de la fenêtre et se taisaient jusqu'à l'étouffement.

– Il est interdit de sombrer dans la mélancolie. Les Sages nous mettent en garde contre cet état, dit-il en émergeant de ses divagations.

– J'essaie, répliqua-t-elle.

– Ce n'est pas suffisant, il faut s'efforcer.

– Comment ?

– En arrêtant de penser à la plaine. Nous, grâce soit rendue à Dieu, nous avons un rôle important ici. Nous gardons ce lieu saint et c'est pour cela que nous serons préservés du mal. Il faut accepter le désœuvrement. Le désœuvrement, à un certain degré, nous sort de notre égoïsme méprisable et nous emmène dans un monde meilleur. On ne peut pas rester à se lamenter, à dire je veux ceci, pourquoi n'ai-je pas cela. Il faut apprendre à dire : « Ce que je possède est bien suffisant. Je n'ai pas besoin de plaisirs superflus. »

– D'accord, dit Amalia, stupéfaite qu'il parle autant.

– J'ai l'impression que tu es tout le temps nostalgique. La nostalgie est une fuite devant ce que nous possédons.

– Pas tout le temps, corrigea Amalia, et un sourire de bonté éclaira son visage.

Lorsqu'ils étaient en bas il ne la tourmentait pas de ses remarques, mais ici, bizarrement, il se sentait obligé de lui faire des reproches ou la morale. Amalia ne le contredisait pas et n'essayait pas de se justifier car elle avait compris que ses exigences, en fin de compte, s'adressaient également à lui-même. Il s'abîmait parfois dans ses pensées, comme si on lui avait ôté toute volonté. Plus d'une fois elle avait eu envie de le secouer et de lui en imposer à son tour mais elle n'avait pas osé, bien sûr.

3

Ainsi passèrent les jours, mois après mois, et ce fut de nouveau l'automne. L'automne, ici, est sauvage et dénué de beauté. Les nuages sont lourds dès le matin et, l'après-midi, l'obscurité s'épaissit autour des fenêtres. Les nuits sont plus pénibles encore. Elles sont longues et semblent plier sous le poids de leur propre noirceur. Souvent, Gad s'éveillait agité comme un naufragé essayant d'échapper à la tempête. Amalia, au contraire, sombrait dans le sommeil comme une pierre et ce n'était que tard dans la matinée que les tentatives pour la réveiller et les sermons la ramenaient en ce monde.

À peine le lit quitté, elle sortait voir Mauzi et Limzi. Depuis son enfance elle avait pour les bêtes un amour dévoué, fidèle, et elles le lui rendaient au centuple. Ici aussi elle s'était liée avec les chiens. Elle jouait souvent avec eux dans la cour et elle aimait s'allonger entre eux devant le poêle et contempler les flammes. Parfois ils s'endormaient entrelacés, tels une mère et ses petits.

Gad réprouvait violemment cette attitude languissante : « Tu batifoles trop avec les chiens. Selon la loi, ce contact est proscrit. » Mauzi et Limzi n'étaient pas des chiens doux, ils effrayaient les gens et, l'été, lorsque l'endroit était très fréquenté,

Gad les enfermait dans un réduit. Deux ans auparavant, Mauzi s'était échappé des bras d'Amalia et avait attaqué un pèlerin. Sans l'intervention musclée de Gad, l'homme ne serait probablement pas sorti vivant d'entre ses pattes. Depuis, les mises en garde de Gad étaient plus explicites : « Il est interdit de batifoler avec les chiens. » Amalia répondait en inclinant la tête ou par un sourire dans lequel flottait comme une résignation. Mais elle continuait à se plaindre de la solitude.

– Il ne nous manque rien, la coupait-il.

– J'en ai des vertiges.

C'est parce que tu ne te lèves pas le matin lorsqu'il le faut, voulut-il lui reprocher, mais il se retint.

Gad se levait au plus fort de l'obscurité, trayait la vache, remplissait sa mangeoire puis revenait allumer le poêle. Naguère il se forçait à prier mais cela lui causait de violents maux de tête. Amalia, qui comprenait sa détresse, lui avait dit une fois : « Si la prière te fait mal, il ne faut pas insister. Des gens viendront cet été et tu prieras avec eux. » Elle avait apaisé ainsi son tourment. Il se levait avant le jour pour se plonger dans le travail. La journée, le travail l'épuisait et ne lui laissait aucun répit pour penser. En secret, il se consolait en se disant qu'il accomplissait la mission qui lui avait été confiée et qu'ainsi on ne lui demanderait pas de comptes. Il travaillait pendant des heures au cimetière, arrachait les mauvaises herbes et redressait les stèles. À l'automne la tâche était plus grande : les pluies torrentielles emportaient aveuglément arbres et cailloux, et sans les terrasses et les canaux d'évacuation, tout aurait été inondé.

À peine un mois plus tôt, tout était différent. L'été, ils travaillaient ensemble du matin jusqu'au soir, tard. Gad était occupé avec les pèlerins et Amalia à la maison. Parmi les pèlerins il y avait des gens amers, souffrants et irascibles. Gad les rapprochait les uns des autres. Ils lui apportaient l'odeur douce de la plaine, les souvenirs de la maison, des prières oubliées, le goût de plats délicieux. À les entendre parler, il savait combien il était éloigné du tombeau de ses parents et de ses amis de jeunesse qui possédaient des magasins et des entrepôts et qui se rendaient parfois dans les grandes villes.

Il y a six ans, lui et Amalia avaient reçu ce domaine en héritage de leur oncle Arié. L'oncle Arié les avait conviés sur la cime, ou la « forteresse » comme il l'appelait, les avait conduits d'un endroit à l'autre et leur avait montré le cimetière, appelé par tous « le cimetière des martyrs », et il leur avait dit : « Mes enfants, je place entre vos mains cet héritage sacré. Vous devez en prendre soin comme de la prunelle de vos yeux. Si vous accomplissez cela avec foi, vous ne manquerez de rien. Nombreux sont ceux qui viennent ici et ils vous donneront ce dont vous avez besoin. Il faut le leur demander, il n'y a pas lieu d'avoir honte, mes enfants. Ce n'est pas pour rien qu'on vous fera des dons. Les hivers ici sont longs et rudes. Hormis les corbeaux, il n'y a pas âme qui vive. Il faut une grande foi pour ne pas sombrer dans une noire mélancolie. La mélancolie noire est le plus grand ennemi de l'âme. Il est permis de boire deux ou trois verres, mais il est interdit d'abuser. » Les manières de l'oncle Arié exprimaient un rapport direct au monde et, à quatre-vingt-dix ans, il appréciait un bon repas avec l'entrain d'un jeune homme.

Ils passèrent un mois auprès de lui. Il n'exagérait pas les qualités du lieu mais vantait le bon air, les pommes et les poires qui poussaient dans le verger, la fidélité des chiens, et la maison, bien entendu, ses quatre grandes pièces, dont trois qui accueillaient les pèlerins fortunés. Il était pragmatique et évitait de parler pour ne rien dire, tel un homme qui transmettait sa propriété à son fils afin de se retirer et de trouver le repos dans une petite demeure loin des routes et des affaires courantes. On ne décelait en lui ni relâchement ni confusion. À la fin du mois il ferma les yeux et rendit son âme au Créateur. Le soir même, il fut porté en terre au cimetière des Pères.

Tous les pèlerins participèrent à l'enterrement. Ceux qui prononcèrent les élégies parlèrent de sa foi et de son dévouement : soixante années de ténacité, de constance et de confiance en Dieu. Les femmes pleuraient. Tard dans la nuit, un vieillard loua la force qu'il avait montrée face à la solitude, grâce à sa foi puissante, qui n'était en rien moins importante que celle de son père, qui comme lui avait vécu longtemps mais n'avait pas eu droit à un grand enterrement car il était mort en hiver.

C'est ainsi que la cime leur échut. Après l'enterrement, Gad était agité et son émotion le poussa à faire le serment d'observer les temps de prières, de prendre le bain rituel et d'étudier chaque jour des passages de la Mishna.

Que lui fut-il donné de réussir et en quoi échoua-t-il – nous verrons bien. Il possédait nombre des qualités de l'oncle Arié, mais pas sa constance. Souvent il faisait l'impossible. Souvent les prodiges de la cime le pénétraient, révélaient en lui l'homme qui voit et comprend ce qu'il voit. Il avait beau courir admirablement sur de petites distances, il n'avait pas la sagesse de l'oncle Arié. C'est peut-être pour cela qu'il ne lui fut pas donné d'accomplir ce qu'il s'était promis.

Mais n'allons pas trop vite.

C'est ainsi que leur vie ici débuta. Le premier hiver, ils subirent non seulement les tempêtes de neige mais aussi le silence qui tapissait la maison d'une ouate sombre. Amalia n'était que bouleversement, et ses paroles, un flot. Elle recommença à utiliser les mots étranges de son enfance et Gad se réjouit de ces inventions inattendues. Il y avait des moments où Gad la suivait pas à pas et parlait de la nécessité de fuir la foule, la promiscuité, et les prières superficielles qui ne venaient pas du cœur. Dans ces moments-là, emporté par l'émotion, il promettait à Amalia que l'air de la cime accomplirait en eux des prodiges. Amalia ouvrait de grands yeux et disait qu'elle attendait les jours prochains avec impatience. L'étonnement de l'enfance se lisait sur son visage clair. Son regard était si pur que Gad avait le sentiment de la duper.

Dès le premier hiver, il comprit que la beauté et la splendeur avaient une face cachée. Les cieux admirables du printemps et de l'été devenaient en un rien de temps des cieux de plomb et ce qui semblait élevé et festif pouvait vous entraîner vers les ravins du désespoir. Le plus souvent, il abandonnait à Amalia les craintes et les humeurs, se donnant le rôle d'un soldat au service de la foi, et un soldat ne doit pas dépendre des mouvements de son cœur. Mais peu à peu, lui aussi admit que l'automne et l'hiver sur la montagne ne laissaient aucun homme indemne.

Durant les premières années, les Anciens ne cessaient de lui rappeler qu'il remplaçait l'oncle Arié et qu'il avait encore beaucoup à apprendre. Gad, lui, ne simulait pas une grande érudition ni une grande piété. Il avait compris que la vie sur la cime exigeait tout de l'être. Il souffrait de ce que la prière, qui le rendait heureux dans son enfance, lui ait été ravie, et chaque fois qu'il touchait un livre de prières, il percevait la tare qui était en lui.

De là les montées et les descentes d'humeurs. En hiver, il n'y a rien d'autre à faire que s'imbiber d'alcool. Non pas deux ou trois verres, selon le conseil de l'oncle Arié, mais sept ou huit. Il faut boire beaucoup, se sentir grisé, tout en prenant garde de ne pas s'enivrer. L'ivresse enlaidit, elle altère le visage. Ces mystères ne s'apprennent pas en un mois ou une année. Tout ici s'acquiert dans la douleur et la souffrance. Dans une période difficile, Amalia lui dit : « Pourquoi avons-nous été punis par cet exil ? Pourquoi Dieu nous éprouve-t-il de cette manière ? » Gad tenta de lui fournir une réponse détaillée mais les mots demeurèrent en lui, nus.

Puis vinrent les années longues, sombres et oppressantes. L'été semblait n'être qu'un battement de cils. L'obscurité revenait de plus en plus fréquemment. Il n'y avait pas de découvertes possibles, hormis celles qui venaient de l'intérieur.

– Quand rentrerons-nous ? demandait parfois Amalia en sortant de sa torpeur.

– Où ?

– À la maison.

– Nous n'avons pas d'autre maison que celle-ci. Et de quoi pourrait-on se plaindre ? Nous avons tout.

Il parlait comme un prisonnier, à l'heure où le crépuscule descend pour toucher les barreaux des lucarnes, et où la nostalgie anéantit le cœur.

4

Six ans déjà qu'ils étaient là-haut. S'il n'y avait eu l'été, leurs vies auraient été encore plus réduites. La pensée qu'en été viendraient des gens qui rempliraient le sommet désolé de leur langue maternelle lui insufflait la volonté d'agir. Il secouait Amalia en lui disant qu'elle ne devait pas sombrer dans la tristesse, l'été était plus proche qu'elle ne l'imaginait. Pourtant, il savait qu'elle ferait bien de descendre, de se marier et de mettre des enfants au monde. Ils avaient souvent parlé de cela, la plupart du temps par allusions, jamais explicitement. À ces propos, son visage s'arrondissait en un sourire, comme s'il s'agissait d'un sujet interdit.

– Tu te languis de la plaine ? la sondait-il parfois.

– Un peu, mais ça va passer.

Elle contenait sa nostalgie dans son imposante poitrine qui avait pris du volume au fil des années et prouvait autant que cent témoins réunis qu'il lui fallait un homme, et des enfants à allaiter ; sans eux son corps s'abîmerait et sa raison serait emportée. Il comprenait intimement ses tourments, mais n'osait lui suggérer de descendre. À vrai dire, il y avait bien quelques pèlerins qui la convoitaient, et quelques-uns même qui avaient osé s'adresser à elle directement, mais elle les avait fuis.

L'été précédent, un pèlerin lui avait fait des avances, un homme d'une quarantaine d'années, et lui avait proposé de le suivre dans la plaine. Gad les avait surpris en pleine discussion, assis sur le muret de pierre. Pour la première fois depuis leur arrivée sur la cime, il la voyait en compagnie de quelqu'un et, de loin, elle avait l'air heureux. Il avait failli passer son chemin mais la jalousie l'avait submergé : « Les chambres ne sont pas rangées, il n'y a rien dans la cuisine et toi, tu restes là comme si nous avions des domestiques. Si nous ne faisons pas nous-mêmes ce qu'il faut, personne ne le fera à notre place. » Amalia avait pris peur et était retournée vers la maison avec une rapidité animale. Il avait vite occulté ce mouvement de colère passager et ce n'était qu'à présent qu'il se souvenait de cet homme. Il demanda incidemment :

– Que te voulait-il ?

– Qui ça ? demanda-t-elle avec stupéfaction.

– Cet homme avec lequel tu parlais.

Le visage d'Amalia s'embrasa :

– Il m'a demandé ma main.

– Pourquoi ne m'en as-tu rien dit ?

– Je ne sais pas.

– Il te plaisait ?

– Pas particulièrement.

– Et que lui as-tu dit ?

– Rien.

– De quoi avez-vous parlé, alors ?

– C'est lui qui parlait.

Plus tard il lui dit :

– Si tu veux descendre, dis-le-moi, je ne t'en empêcherai pas. Je peux vivre seul.

– Mais je suis contente ici.

– Je voudrais que tu te maries, fit-il d'une voix de frère aîné.

– Le temps a passé, je crois.

– Tu te trompes. Des femmes plus âgées que toi se marient et ont des enfants.

– Mais je suis contente ici, répéta-t-elle.

Il est difficile de sonder son cœur, songea Amalia.

Dans l'après-midi il travailla au cimetière, arracha les mauvaises herbes et redressa des stèles. La lumière douce fit surgir imperceptiblement les visages des gens qui, il y a quelques semaines à peine, remplissaient le lieu de leur présence.

– Ils sont là-bas et je suis ici, dit-il distraitement.

La langueur cachée à l'intérieur des êtres le submergea de nouveau et une angoisse sauvage étreignit sa poitrine : l'été était mort, il semblait même n'avoir jamais existé, personne ne viendrait plus. Amalia noierait sa peine dans quelques verres, mais aucun mot ne percerait la désolation de cette étendue verte.

Naguère, il pensait que viendrait le jour où il lui serait donné de libérer Amalia de sa difficulté à parler, et ils discuteraient ensemble comme des amis intimes. À présent il savait : le mutisme était planté profondément dans son âme. Ce n'était pas pour rien que l'oncle Arié l'avait mis en garde contre le silence. Certes, il existait un silence qui embrasait l'âme, mais la plupart des silences étaient des mélancolies ou, pire encore, des chutes. Seules une parole juste et la prière pouvaient vaincre le mutisme.

Le visage de l'oncle Arié surgit et se mit à flotter devant ses yeux, ainsi que sa haute stature. Il ne se passait pas un jour sans qu'il pense à lui. Quelques jours avant sa mort, il l'avait conduit vers le remblai qui jouxtait le cimetière chrétien abandonné et lui avait murmuré : « Il n'y a pas d'endroit plus beau que celui-ci. J'y ai vu des cieux éblouissants et des cieux de plomb durs comme le séjour des morts, et pourtant il n'y a pas en ce monde de lieu plus beau que ce sommet. Mais il n'y a rien à faire, on doit se séparer » – comme s'il savait que sa fin approchait.

De l'horreur qui avait eu lieu plusieurs générations auparavant il ne voulait pas parler. « Les martyrs, disait-il, sont morts l'épée à la main. »

Après la mort de sa femme il était venu ici, encore jeune, et il avait servi soixante longues années.

Gad avait amassé au fil des années de nombreux détails sur ce qui s'était passé en bas durant le grand pogrom. Cela avait été une vraie tuerie et les rares rescapés étaient montés se réfugier ici, avaient fortifié la montagne et s'étaient battus pour leur salut. Ils possédaient des épées, des fusils, des chevaux et des chiens fidèles, et même deux petits canons. Ils avaient tenu un an, durant lequel ils avaient élevé des fortifications et construit une petite synagogue en basalte. Le bâtiment ne ressemblait pas à un lieu de prière mais à un fortin doté de meurtrières, d'une entrée étroite et d'une épaisse porte de fer. La lumière n'y pénétrait qu'en été. L'hiver, une obscurité complète y régnait et Gad n'osait pas s'y rendre.

Il n'avait pas raconté l'épilogue amer à Amalia. Il lui avait seulement dit : « Le grand-père de notre grand-père Simha Bar était un commandant audacieux tombé en héros. Cela nous oblige, nous sommes ses descendants, son corps et son âme, et nous devons poursuivre sa tradition splendide. Il a enseigné à sa génération et aux générations suivantes ce que voulait dire être juif. Le Juif n'est pas un mollasson. Un Juif se bat pour sa foi et, s'il le faut, il se fait tuer pour elle. Être juif n'est pas une honte mais un grand devoir et un honneur. » Ébahie, Amalia l'écoutait et imaginait son frère en uniforme, combattant avec ardeur.

Mais par-devers lui, il redoutait le jour où il lui faudrait affronter les émeutiers. Certes, il gardait un fusil dans une cachette, mais que pouvait un homme face à une foule armée ? Il se battrait, répondait-il pour lui-même, comme les martyrs s'étaient battus, comme leur aïeul s'était battu. Et qu'adviendrait-il d'Amalia ? Souvent, il rêvait que des émeutiers envahissaient le sommet. Il tirait, faisait de nombreuses victimes dans leurs rangs, et lorsqu'ils étaient sur le point de gagner, il tirait sur Amalia puis retournait l'arme contre lui.

Il avait vu plusieurs fois ce moment de terreur en rêve, mais il n'en avait jamais parlé à Amalia. Il lui affirmait : « Les Pères nous protégeront, et moi aussi, je me battrai, avec Mauzi et Limzi. » Amalia, manifestement convaincue, disait : « Il n'y a pas de quoi s'inquiéter. Nous sommes entre des mains sûres. »

Un jour, sans se l'expliquer, il décida de lui parler de ce sujet d'importance et de la préparer à l'heure grave qui pouvait arriver. Il allait lui dire que, si des émeutiers envahissaient le sommet, elle devait se baisser aussitôt, descendre à la cave et se terrer dans la cachette. Lui, Mauzi et Limzi feraient le nécessaire. Mauzi et Limzi étaient deux combattants courageux. L'oncle Arié leur avait transmis la puissance de son caractère. Quiconque tomberait entre leurs pattes n'en sortirait pas vivant.

Lorsqu'il rentra à la maison, il trouva Amalia près de la fenêtre, un verre à la main.

– J'ai soudain eu envie d'un verre, dit-elle.

– Je vais boire avec toi. Tu te souviens, c'est un Juif pauvre de Kolomeï qui nous a apporté cette bouteille. Je ne voulais pas la prendre mais il ne me lâchait pas. C'est étrange que les pauvres soient si bons envers nous. Ils ignorent qu'il y a des plaisirs merveilleux dans ces endroits isolés.

– C'est vrai, dit Amalia en ouvrant les yeux.

– Et une élévation de l'esprit, aussi.

– Je suis contente que tu sois revenu. Quelque chose comme la peur était entrée dans mon cœur.

– Peur de quoi ?

– Des paysans dans la plaine.

– Pourquoi ?

– Avant ton retour, j'étais sur la montagne et je contemplais le crépuscule. Il y avait une merveilleuse sérénité. Des carrioles roulaient doucement, des bergers ramenaient les troupeaux chez eux et des paysannes portaient sur leur tête des paniers. Mais moi, j'avais l'impression étrange qu'une guerre allait éclater et qu'ils allaient tous se jeter sur nous. J'ai eu si peur que je suis rentrée à la maison et je me suis servi un verre.

– Ce sont des divagations, il ne faut pas y prêter attention.

– Tu as raison.

En son for intérieur, il s'étonna que ses propres divagations se soient immiscées en elle.

Après quelques verres il s'exalta et parla du cimetière avec émotion. Il le qualifia de « cher cimetière », qui n'avait fermé ses portes à personne. Amalia fut stupéfiée par ses paroles et ne le quitta pas des yeux. Il avait vieilli ces jours derniers, et à présent il ressemblait un peu à l'oncle Arié. La tendresse qu'elle éprouvait en secret pour son frère depuis l'enfance monta en elle, dans un élan de pitié.

– Tu travailles trop, fit-elle.

– Tu te trompes ma chérie, lui dit-il avec douceur. Je fais à peine ce qui m'incombe. Je dois faire plus.

– Tu te lèves très tôt.

– Crois-moi, ici nous avons plus que ce que nous méritons. Nous avons des fruits et des légumes en abondance, une vaste maison et du bois pour nous chauffer. En bas, les gens gèlent, mais nous, grâce à Dieu, nous ne manquons de rien. Nous sommes protégés de tous côtés.

– Les paysans ne nous feront aucun mal ? s'enquit-elle, en mettant le doigt sur sa crainte secrète.

– Qu'est-ce que tu veux dire ? Nous sommes à l'abri. Les paysans en bas savent très bien qui nous protège.

– Pardon. J'ai toujours peur.

– Voilà six ans que nous sommes en haut. Quelqu'un nous a-t-il fait du mal ?

Le silence s'abattit sur eux. Gad essaya bien de ranimer la conversation mais ne trouva rien d'autre à dire que quelques mots et bribes de phrases qu'Amalia ne comprit guère. Il continua de boire et elle ne lui en fit pas la remarque. Elle demeura assise en le regardant, comme si elle espérait un mot qui illuminerait son obscurité.

– Amalia, murmura-t-il.

– Quoi ?

– Cela fait six ans que nous sommes ensemble.

– Oui.

– Je suis très heureux que nous soyons ensemble.

– Moi aussi.

– Il y a encore des choses dont nous n'avons pas parlé.

– Oui.

– Mais pas maintenant, dit-il, et il s'endormit.

5

Ensuite des pluies violentes s'abattirent et les cantonnèrent dans la maison. Amalia travaillait à la cave, triait des légumes et battait du beurre, et lorsqu'elle remontait, ses vêtements exhalaient l'odeur humide de la terre. Gad était occupé à réparer le toit. Les planches lui rappelaient les senteurs oubliées de la plaine. Il lui arrivait de penser qu'un jour il louerait une carriole et retournerait sur les terres de son enfance. Une fois il avait rêvé que lui et Amalia montaient deux chevaux clairs, traversaient des champs au galop et arrivaient à la ville de leur enfance. Tous les habitants sortaient sur le pas de leur porte en poussant des exclamations de surprise.

Au fond de lui, il était persuadé que jamais il n'abandonnerait la cime. Une alliance secrète était scellée entre la cime et ses gardiens, une alliance solide, imprimée dans la chair, transmise de génération en génération. Aucun de ses prédécesseurs n'avait abandonné son poste. Tous étaient morts au sommet et étaient enterrés dans la dernière rangée, « la rangée des gardiens ». Là était enterré l'oncle Arié, et le jour venu, lui aussi y serait. Si Amalia se mariait et avait des enfants, ils viendraient là eux aussi, pour poursuivre la chaîne. Il lui semblait parfois que, s'il insistait suffisamment auprès d'elle, elle descendrait et se marierait.

À l'approche du soir, Amalia remonta de la cave et prépara deux quiches de maïs, l'une au fromage et l'autre aux prunes. Ils approchèrent la table de la fenêtre, s'assirent et dînèrent. Gad appréciait beaucoup ces quiches, il les désirait en secret depuis les petites heures du matin. Après le repas il fermait les yeux et entonnait une berceuse ou un chant ruthène nostalgique qui distillait une douce tristesse. Depuis son enfance elle aimait entendre sa voix, et là, à son côté près de la fenêtre, elle sentait physiquement les sons délicats qu'il répandait en elle.

En cette saison il ne disait presque rien, hormis un mot ici ou là, une survivance de la parole. Même après un verre il lui était difficile de parler, et bien entendu de prier. Depuis le départ des pèlerins, il n'avait pas prié. Il souhaitait ardemment y parvenir mais, chaque fois qu'il avait l'intention de se mettre debout pour la prière, une sensation d'étranglement broyait sa gorge. Deux ans auparavant, tandis qu'il faisait nuit noire, il avait voulu s'ouvrir à Amalia de ce qu'il ressentait et il s'était étouffé. Sa colère avait été si grande qu'il s'était frappé la tête contre le mur. Finalement, le barrage dans sa gorge s'était fissuré et il s'était écrié :

– Pourquoi est-ce si difficile pour moi de prier alors que tous les Juifs le font ?

– Tu pries d'une autre façon, avait-elle dit pour le calmer.

– C'est faux ! avait-il vociféré.

Les mots étaient comme tombés de la bouche d'Amalia :

– Tu es le gardien de ce lieu saint, et ce n'est pas moins qu'une prière.

Gad avait ricané et son rire effrayant avait résonné longtemps.

Elle avait pris peur :

– J'ai dit une bêtise.

Et elle s'était tue.

La pluie cessa et le soir se déploya. Amalia débarrassa consciencieusement la table. Gad se leva et sortit. Sur le chemin du cimetière il s'attarda près de l'acacia dénudé. Les gestes mesurés d'Amalia lui apparurent étrangement suspects, comme si elle s'apprêtait à dissimuler un paquet sous le lit.

Arrivé au cimetière, il avait tout oublié et se réjouit que la pluie n'ait pas abîmé les stèles. Les rigoles qu'il avait creusées naguère avaient facilité l'évacuation des eaux. Les stèles se dressaient fièrement. Gad les connaissait toutes. Elles étaient disposées en trois rangées. Dans la première, les hommes. Dans la deuxième, les enfants. Et dans la troisième, les femmes. À l'écart : la rangée des gardiens. Il avait interrogé l'oncle Arié sur la raison de cet agencement. L'oncle ne lui avait pas fourni de réponse claire. Les autres aussi ignoraient le pourquoi du comment. Avec le temps, il apprit qu'il ne fallait pas toujours s'enquérir du sens des choses.

Amalia lui avait souvent fait observer qu'il passait trop de temps au cimetière. Il entendait ses remarques mais s'y dérobait. À vrai dire, il n'y passait pas plus de cinq ou six heures par jour, mais alors, quand il n'était pas sous l'emprise de divagations insensées, son esprit s'emplissait de visions claires, de sons exaltants et du sentiment que sa vie n'était pas un mirage.

L'été, bien sûr, c'était différent. Le carré des tombes revêtait une apparence festive. Il y a deux ans, Amalia avait voulu planter des fleurs entre les stèles. L'idée avait plu à Gad mais il n'était pas certain que la Halakha l'autorisait. Ils avaient donc renoncé aux fleurs entre les stèles et opté pour des parterres aux extrémités du terrain. Les pèlerins étaient émerveillés par les fleurs. Personne ne les cueillait. Leur présence adoucissait quelque peu la sévérité du lieu. Depuis, chaque fois qu'un pèlerin louait la beauté des parterres, Gad répondait : « Ce n'est pas moi, c'est le domaine de ma sœur, Amalia. »

Il eut soudain envie de boire. Si ce n'avait été le soir, il serait descendu à la taverne vider deux ou trois verres. L'odeur du tabac diluée dans les vapeurs de l'alcool chassait la tristesse en lui. Parfois, sur le chemin du retour, il croisait une paysanne et couchait avec elle dans l'herbe. C'était un plaisir rapide au goût de fruit défendu. La chose n'échappait pas aux yeux d'Amalia, qui le tourmentait alors.

Une ou deux fois par an, il se rendait chez Sofia. Elle était sourcilleuse dans le choix de ses clients et se permettait des tarifs élevés. Mais la moitié d'une nuit avec Sofia valait chaque denier dépensé. Elle connaissait les faiblesses des hommes et s'y soumettait. Amalia lui pardonnait ses aventures sans lendemain, mais lorsqu'il revenait de chez Sofia, exhalant un parfum bon marché, son visage se crispait et la colère lui verrouillait la bouche. Une fois la lave avait surgi d'elle : « Va avec les paysannes si tu veux, mais pas avec Sofia.

T'imaginer avec elle dans son lit, ça me dégoûte. » En réponse à cette demande pressante, il évitait d'aller chez elle, mais il enfreignait l'interdit une ou deux fois par an. Et là, maintenant, il y serait volontiers retourné si le soir et la tempête qui approchait n'avaient contrarié son désir.

Lorsqu'il rentra à la maison, le visage d'Amalia était rouge et une tache jaune brillait sur son front. Il était manifeste qu'elle avait abusé de la bouteille.

– Que s'est-il passé ? demanda-t-il.

– Rien, tout est comme d'habitude, dit-elle, en essayant de dissimuler son ivresse.

– Si tout est comme d'habitude et que tout va bien, qu'y a-t-il à ajouter ? dit-il pour la faire réagir.

Amalia, qui était à moitié ivre, ne comprit pas la pique. Elle enchaîna :

– Dans l'autre monde il n'y a pas d'hiver comme ici. Là-bas, c'est toujours l'été, n'est-ce pas ?

– D'où tiens-tu cela ?

– N'est-ce pas ce que prétendent les Anciens ?

– Je ne connais pas leur opinion sur le sujet.

– Il est possible que je me trompe. Ça m'arrive parfois, n'est-ce pas ?

Son visage n'était plus voilé. C'était un visage plein, paysan, encadré par une épaisse masse de cheveux. À leur arrivée ici, six ans auparavant, son corps était chétif, ses cheveux longs et la chemise brodée offerte par la tante Franka lui donnait un air de petite fille docile, mais depuis, ses hanches s'étaient élargies, elle avait pris de la poitrine et l'éclat de la jeunesse s'était dissipé de son regard. Elle ressemblait à une paysanne dont le mari était à l'armée et qui, autant par colère que pour étouffer ses désirs, buvait dès qu'une bouteille était à sa portée.

– Tu as trop bu, finit-il par lâcher.

– Moi ?

Et un rire se figea sur les lèvres d'Amalia.

Une femme ivre, on lève la main sur elle et elle y voit tout de suite plus clair, disaient les paysans. Il n'avait jamais levé la main sur elle. Il l'aimait, et il aimait son ivresse, il la laissait parfois bavarder tout son soûl. Lorsqu'elle était ivre, les mots précieux qu'elle utilisait enfant lui revenaient par bribes.

– D'après la loi, il est interdit de trop boire, dit-il d'un ton sérieux.

– Oui.

– Je vais te préparer un café.

– Merci, dit-elle avec l'expression d'un animal qui sait que, cette fois, il s'en est bien sorti.

Il lui servit une tasse de café comme si c'était un médicament. Elle enveloppa la tasse des mains.

– Qu'est-ce que je peux y faire ? dit-elle en souriant timidement.

– Il faut se dominer, lui répondit-il d'une voix de paysan.

Amalia tenait toujours la tasse. Gad s'assit près d'elle. À l'observer, quelque chose de la perplexité de sa sœur s'inscrivait en lui. Il remarqua que ses longs doigts n'avaient pas changé, les articulations étaient saillantes, sa main ressemblait toujours à celle de leur père. Cette découverte le réjouit.

Soudain, elle éclata en sanglots. Gad se précipita, comme pour la relever.

– Ce n'est rien, dit-elle, et elle tomba à genoux.

Cette chute désespérée laissa Gad bouche bée. Il parla de la nécessité qu'il y avait à s'armer de patience, à faire montre de courage et à lutter contre l'angoisse. Mais il comprit aussitôt que les mots qu'il avait employés n'étaient pas les siens, que quelqu'un d'autre avait parlé pour lui. Il en conçut de la honte et s'enfouit le visage dans les mains.

– Pardon, dit Amalia.

– Pourquoi demandes-tu pardon ?

– Je ne me suis pas conduite comme il faut.

– Mais si. Même les livres saints nous autorisent à boire un peu afin de ne pas sombrer. La bile noire est un ennemi amer, c'est le serpent primitif contre lequel nous luttons jour et nuit. Et si quelques verres peuvent la noyer, qui sommes-nous pour les refuser ?

À ces mots, le visage dévasté d'Amalia s'éclaira d'un sourire et sa beauté éclipsée reparut.

Plus tard il alluma la torche, descendit à la cave, retira le fusil de sa cachette et annonça à Amalia qu'il sortait se promener avec Mauzi et Limzi.

– Ne tire pas, demanda Amalia.

– Seulement deux ou trois coups.

– Ça me fait peur.

– Il faut tirer de temps en temps pour qu'ils sachent, en bas, que la montagne est bien gardée.

6

Et l'automne s'annonça bruyamment : le vent soufflait sans répit. Gad essayait de distraire Amalia et lui parlait avec leurs mots d'autrefois. Les mots familiers firent naître un sourire sur son visage. « Je ne m'inquiète pas, disait-il. Tant qu'il y a du bois pour se chauffer, il n'y a pas de quoi s'inquiéter. » Le poêle ronronnait dès le petit matin et ses briques blanchies diffusaient une douce chaleur.

Cet été-là, Amalia avait eu vingt-quatre ans. Pour son anniversaire, Gad lui avait offert un châle paysan brodé qu'il avait acheté en bas. Amalia l'avait posé sur ses épaules en disant : « Envolée, la jeunesse s'est envolée. » Depuis, il avait remarqué qu'une nouvelle amertume crispait ses lèvres. Elle travaillait du matin au soir et lorsqu'elle remontait de la cave, son visage était terne, comme si elle avait absorbé la grisaille des objets qui s'y trouvaient. Depuis toujours elle se cachait dans les caves. À Jadov ils avaient une cave longue et étroite où, petite, elle se réfugiait pour fuir le bras sévère de leur mère, et même après, elle avait continué de s'y cacher. À l'époque, elle était déjà une enfant rêveuse mais tous les désirs qu'elle n'avait pu exprimer étaient restés enfouis en elle.

Un soir, elle l'étonna :

– Maman t'aimait plus que moi.

– Il te semble.

– Elle te menaçait, mais elle ne te battait pas.

– Tu la mettais en colère, à parler bizarrement.

– Mais je ne cherchais pas à la mettre en colère.

– Pourquoi te battait-elle, alors ?

– Elle me haïssait.

– Il est interdit de parler comme ça, une mère ne hait pas ses enfants.

– Je l'irritais, dit-elle, heureuse d'avoir trouvé le mot juste.

– C'est faux.

– Depuis l'épidémie et la mort des enfants, elle me haïssait. Une fois elle m'a dit : « Tu vis grâce à eux ! »

– Personne ne peut être jugé dans son malheur.

– Elle voulait me déraciner, dit-elle avec un curieux sourire.

Il est interdit de parler ainsi, voulut-il la réprimander.

Ce soir-là, Amalia but beaucoup et sa bouche, qui avait longtemps été scellée, s'ouvrit. Elle parlait abondamment, mélangeait passé et présent, évoquait des noms oubliés, exhumait de vieilles blessures. Il était clair que leur mère la poursuivait encore.

Il l'interrompit :

– Tu exagères.

– Tout ce que je dis est vrai.

– On n'accable pas les morts de paroles dures. Ils sont là-bas, et nous ici. Il est interdit de piétiner leur repos.

– Pourquoi m'a-t-elle fait autant souffrir ?

– On ne doit pas garder rancune.

– J'ai mal.

– Il faut trouver la grâce dans chaque être. Il nous est interdit de juger un homme tant que nous ne sommes pas parvenus au même endroit que lui.

– Je n'aurai pas d'enfants, moi, dit-elle, et elle éclata d'un rire qui découvrit ses jolies dents.

Gad, après quelques verres, se leva et dit :

– Il y a une accalmie dehors. Il faut que j'aille voir ce que les pluies ont fait du cimetière, mais toi, par pitié, ne bois plus. L'alcool ne réussit pas aux Juifs.

Amalia accueillit cette remarque avec un sourire. Elle souhaitait depuis tant d'années lui dévoiler cette blessure cachée ; maintenant qu'elle l'avait fait, tout lui était plus facile. Elle ramassa ses cheveux et son visage plein, barré de rides dues au labeur, sembla s'ouvrir. Gad eut la curieuse impression qu'elle souhaitait lui confier un autre secret, plus rude encore.

– Alors, tu me le promets ? dit-il.

– Quoi ?

– De ne pas toucher à la bouteille.

Elle l'étonna de nouveau :

– Ai-je le droit de me joindre à toi ?

Les lumières froides d'automne rougissaient le soir et Gad comprit qu'il devait cesser de tourmenter sa sœur. Ses blessures étaient à vif, il fallait les panser avec un linge doux.

– Merci, dit-il.

– Pourquoi merci ?

– Tu t'es confiée à moi. La parole rapproche, n'est-ce pas ?

– Tu es mon frère, mon amour, dit-elle, en reculant aussitôt devant ces mots.

Gad eut un petit rire, car sa sœur avait posé le doigt sur sa faille secrète.

Lorsqu'ils parvinrent au cimetière, leurs regards s'assombrirent : les fortes pluies avaient ébranlé les pierres du muret et jeté à terre quelques stèles. En voyant cela, Gad laissa échapper une plainte froide.

– Grand Dieu, s'exclama Amalia en écho.

Il se précipita vers les stèles, s'agenouilla et les redressa une à une.

Amalia, près de lui, l'observait avec attention. Il était aussi concentré que s'il soignait une bête malade. Il avait autrefois proposé qu'on construise un auvent en métal pour protéger les stèles des tempêtes hivernales, mais les Anciens avaient rejeté sa demande. « On n'élève pas de séparation entre les cieux et la terre », avaient-ils dit. Par cette simple phrase, ils avaient enterré le projet qu'il formait depuis des jours.

Les années avaient passé. Chaque hiver les cieux s'abattaient sur la terre, inondaient et détruisaient tout sur leur passage. Gad essayait d'en limiter les dégâts, d'installer des étais à l'arrière des stèles fragiles mais les vents n'ont pas d'égards pour le labeur d'un homme. Ils le tournent en ridicule, voilà tout.

Lorsqu'il eut terminé sa tâche, il se releva et contempla les stèles. Il y avait trois ans de cela, à la même saison, les vents les avaient fait tomber une à une. Il savait que c'était un mauvais augure, que c'était à cause de ses fautes, il en était certain. Il avait de nouveau tenté la prière mais les mots avaient giflé son visage et étouffé sa gorge.

– Tout est à sa place, grâce à Dieu, dit Amalia.

Elle mesurait à présent l'attachement de son frère à ce lieu. Elle eut pitié de lui et de son dévouement, lui qui, après chaque tempête, se devait de remettre en ordre le terrain.

Au retour elle parla à son frère avec douceur, en choisissant chaque mot. Gad ne réagit pas. Il marchait à grandes enjambées, tel un homme chassé par son maître.

À la maison, Amalia annonça :

– Nous allons faire une petite fête aujourd'hui.

– En quel honneur ?

– En l'honneur de ta réussite. Tu as remis les stèles en place.

– C'est une raison suffisante ?

– Bien sûr.

Quand Amalia voulait encourager son frère ou le tirer de sa mélancolie, elle lui préparait ses plats préférés. Cette fois elle fit deux quiches : une salée et une fourrée aux prunes. Elle cuisinait rapidement et avec précision. Il avait déjà remarqué que, contrairement à ce qui se faisait chez eux, elle prenait la peine de disposer joliment les quiches, de les garnir de fruits ou de légumes et de leur donner une apparence appétissante.

Gad s'assit à table, alluma deux épaisses bougies de cire et le brouillard qui voilait son visage se dissipa peu à peu.

– Merci, ma chérie.

– Pour quoi ?

– Pour cette petite fête.

– Le plaisir est pour moi. Rien ne me rend plus heureuse que de voir mon frère heureux.

Il avait très envie de s'approcher d'elle et de l'embrasser, mais il se contint.

Ils dînèrent. Amalia aime contempler ses mains et son visage lorsqu'il mange. Alors disparaissent, ou plus exactement s'estompent, les gestes lourds et forts qu'il a appris ici, et les traits agréables dissimulés sous sa peau rougie réapparaissent.

– Gad…

– Quoi, ma chérie ?

– Cette nuit j'ai rêvé que deux personnes arrivaient ici et nous annonçaient qu'elles allaient nous remplacer. Tu leur demandais pourquoi et elles t'expliquaient que six années sur la montagne étaient plus qu'assez. Tu demandais : « Qui êtes-vous ? » Et elles te répondaient : « Quelle importance ? » Ils avaient l'air de gens honnêtes mais tu te méfiais d'eux, tu voulais savoir qui les avait envoyés. À la fin ils disaient : « Comme notre mission n'est pas acceptée, nous rentrons chez nous », et ils remontaient dans leur carriole. Tu ne faisais rien pour les retenir.

– Quel rêve étrange, dit Gad sans relever la tête.

– Tu ne voudrais pas retourner à la maison ?

– J'ai effacé ce désir.

– Moi, je rêve parfois de notre maison dans la plaine.

– Les rêves nous trompent et nous éloignent du chemin.

– De quel chemin ? demanda Amalia. Ce qui le surprit.

– Mais ce qu'un homme est tenu de faire, bien sûr. Et nous, grâce à Dieu, nous avons de quoi. Nous ne pouvons pas faire ce que la montagne fait, ce que les vieux font, mais nous pouvons offrir aux gens une tasse de café et une part de gâteau. C'est un service saint, je dirais.

Amalia le regardait. Elle comprenait chaque mot pris séparément, mais, assemblés, ils ne lui plaisaient guère. Elle avait envie de dire : Et notre solitude, notre nostalgie, ça ne compte pas ?

– C'est ainsi, dit Gad d'une voix presque solennelle. Chacun son destin.

Et la conversation prit fin.

7

Le lendemain, un homme pénétra dans la cour. C'était un colporteur juif. Gad s'adressa à lui comme à un fantôme :

– Que cherches-tu ?

L'homme ressemblait à un pèlerin perdu, mais sa casquette et son manteau court indiquaient au premier coup d'œil qu'il n'était pas là pour se recueillir sur les tombes.

– Je me suis trompé, dit-il, contrarié.

– Tu ne connaissais pas le chemin ? demanda Gad, sur le même ton que l'étranger.

– Mais si, je le connaissais, et pourtant je me suis trompé.

– Et maintenant, tu sais où tu es ?

– Je crois.

– Tu es chez les martyrs.

– Quoi ? fit le colporteur en se frappant le front.

C'était une heure grise de l'après-midi et Amalia leur servit du café chaud, du pain, du beurre et de la confiture, puis elle se retira dans la cave. Le colporteur reprenait des forces, il retrouvait la parole et parlait à la manière des colporteurs, prenant ses désirs pour des réalités, inventant toutes sortes d'histoires sur les lieux et les gens. Gad connaissait bien ces êtres superficiels mais il ne put s'empêcher de raconter la solitude, la peur panique à l'approche de l'hiver qu'avait affrontées l'oncle Arié, et qu'il affrontait à présent.

– La solitude m'est pénible, mais elle l'est cent fois plus pour ma sœur.

Sans le vouloir, il avait dévoilé sa souffrance secrète. Il se confiait sans réserve mais très vite il se rétracta. Changeant de ton, il demanda :

– Comment ça va, en bas ?

– Eh bien, le monde tel qu'en lui-même : tout est pourri. Et pour vous, ici ?

– Ici, on ignore le changement. Les années se suivent.

– Vous avez de quoi vivre, au moins ?

Gad décida de ne pas lui cacher la vérité.

– Pas en abondance.

Le colporteur s'éclaircit la voix :

– Qui te paie ?

– Nous ne manquons de rien, conclut Gad, sans fournir de plus amples explications.

– Un cimetière n'est pas un parc de jeux.

Gad comprit qu'il répétait une phrase entendue dans les auberges, où on disait ce genre de choses.

– Je n'ai pas à me plaindre, dit Gad sur un autre ton.

– Moi, je me plains, justement. Du tort et de l'injustice, je me plains. Je ne bénis pas les tourments.

Sur le visage du colporteur, Gad ne pouvait déceler la moindre trace de crainte de Dieu. Il portait la barbe, certes, mais son expression était lisse et pragmatique. Une pensée effleura son esprit : les gens comme lui abjuraient facilement.

Le colporteur continuait sa petite enquête :

– On te paie combien ?

– Qui ?

– Les descendants des martyrs.

– Les martyrs font partie du peuple d'Israël.

– Et qui te paie, alors ?

– Ceux qui en ont les moyens.

L'été dernier, personne n'avait fait de don véritable. La cassette de tsedaka était demeurée vide à la fin de la saison et s'il n'y avait eu la vache, les fruits et les légumes, ils n'auraient pas eu à manger. Pourtant, Gad avait envie de se lever et de dire au colporteur : Ce n'est pas que pour le pain que l'homme vit. Nous, grâce à Dieu, nous sommes prêts à servir le peuple d'Israël sans rien attendre en retour. La grâce d'être dans la montagne ne s'évalue pas à l'aune de l'argent. Mais, face au colporteur, à son visage obtus, un visage où la foi s'était éteinte, où la maigreur creusait ses joues méfiantes, face à tout cela, il se contint et ne dit rien.

Gad avait côtoyé ces gens fuyants. Il y en avait parmi les clients de Sofia. Celle-ci enseignait à ses hôtes comment prendre du plaisir avec un bon plat, une blague grossière, les délices du lit. Et eux laissaient chez elle tout ce qu'ils avaient gagné en une semaine de colportage. Cinq ou six visites chez elle les changeaient. Si quelques rudiments de foi subsistaient encore en eux, ils ne consistaient plus qu'en un vague attachement porté à la tribu. La candeur, chez Sofia, était finement broyée. Dès lors, ils évitaient les Juifs croyants, les institutions juives, se séparaient de leur femme et vivaient dans les terrains vagues entre un village et l'autre, passaient leurs nuits dans des tavernes et des auberges, et, s'ils avaient suffisamment d'argent, retournaient chez Sofia.

Gad servit un verre à l'invité et ils burent.

– À la vie, à la vie ! s'exclama le colporteur d'un ton familier.

Gad crut un instant que le colporteur s'apprêtait à lui révéler un secret enfoui ou un ancien regret. Mais non. De verre en verre le visage du colporteur se fit plus malin, comme s'il répétait : Les plaisirs sont le sel de la vie, sans plaisirs la vie ne vaut rien, et celui qui s'illusionne en imaginant qu'il y a des missions, ou un dévouement en faveur de l'humanité, n'est qu'un naïf, ou plus exactement un idiot.

– Je m'étonne que tu vives dans l'illusion.

L'étranger avait planté son regard dans celui de Gad, qui contempla son visage et en fut ébranlé. À présent, il savait ce qu'il ne voulait pas savoir : son âme aussi était impure.

– À ta place, je ne resterais pas ici. Pas de salaire, pas de gardien. Je n'ai jamais vu de ma vie un gardien travailler gratuitement.

– Nous avons un droit de propriété sur ce lieu.

– Un droit ! répéta le colporteur, et il se mit à rire. Un droit sur la montagne, sur l'hiver, sur les pierres !

La voix maligne de l'homme effraya Gad, lequel baissa la tête vers sa tasse.

L'homme posa ensuite plusieurs questions qui recelaient une apostasie perfide. Gad resta prudent et laconique. La joie d'avoir rencontré quelqu'un cédait la place à une angoisse qui lui broyait la poitrine. Gad se leva :

– Le travail m'attend. Je dois y aller.

Il était heureux d'avoir dit cela sans chercher à s'excuser.

– Pour moi, je ne resterais pas vingt-quatre heures ici, coupa l'homme.

– Chacun sa besogne en ce monde.

Gad répétait là une phrase qu'il avait entendue. Le colporteur ouvrit de grands yeux ronds dans lesquels brillait une humidité désagréable et dit :

– Je ne vends pas à crédit. J'exige d'être payé rubis sur l'ongle.

Gad ne mesura pas tout de suite la portée de cette phrase. Lorsqu'il la comprit, un frisson parcourut sa colonne vertébrale. Il voulait à présent abréger leur rencontre :

– Nous nous reverrons certainement.

– Pas ici.

La curiosité le démangeait :

– Où ?

– En bas. Seulement en bas. En bas on paie en échange d'un service, d'un bien. En bas les gardiens ne travaillent pas gratuitement. Chacun est à sa place, on ne se berce pas d'illusions, dit l'homme avant de tourner les talons et de s'éloigner, de sa démarche de jeune homme.

– Bonne route, dit curieusement Gad.

– Je m'étonne qu'après l'annonce des progrès que nous a fait faire Napoléon tu sois encore attaché à de vieilles croyances fumeuses, dit l'étranger sans se retourner.

– Qu'y a-t-il de fumeux là-dedans? demanda Gad d'une voix claire.

– Les tombes ne sauveront personne. Un ramassis de squelettes, ça ne fait pas de miracles. Avec le progrès, nous savons que seule la science nous sortira de l'obscurité et nous montrera le chemin.

– Je n'en crois rien, rétorqua Gad.

– Dans ce cas, tu fais partie des ignorants qui n'ont aucune chance d'atteindre le salut.

– Je fais partie des croyants.

– Ça, c'est de la foi ? Pff… alors la buée est de la foi.

Gad ressentit une violente envie de le frapper mais, inexplicablement, elle disparut dans ses poings.

– Va au diable, le maudit-il.

Et il s'en alla.

Il pleuvait sans répit. Gad était assis à la table, taciturne. La visite du colporteur avait ouvert en lui une vacuité poignante, qui s'était vite transformée en apitoiement sur lui-même. Amalia prépara une soupe de légumes et une quiche à la crème. Elle savait que seuls ces plats avaient le pouvoir d'adoucir son angoisse.

Après le repas, Gad annonça qu'il avait l'intention de descendre chercher les produits nécessaires pour l'hiver. Amalia savait qu'en bas il buvait plus que de raison. Mais elle ne lui en fit pas la remarque alors. Plus tard elle dit :

– Je ne veux pas rester seule.

– Nous ne pouvons pas y aller tous les deux.

– Alors je préfère y aller moi.

– Toi ? Descendre seule ?

– Mieux vaut rencontrer le loup que l'attendre en tremblant de peur, dit-elle dans la langue des paysans.

– Je ne te permettrai pas d'y aller seule.

– Je n'ai pas peur de la route. J'ai peur des murs ici.

– Des murs ?

– Dehors rien ne m'effraie.

– Il est interdit de laisser l'endroit sans surveillance, dit-il en détournant le regard. Nous avons fait le serment devant l'oncle Arié et les générations de gardiens qui nous ont précédés de ne quitter le lieu sous aucun prétexte. Un soldat n'abandonne pas son poste.

Et la conversation s'acheva. Gad remplit le poêle de bois sec, mit l'eau à chauffer et but coup sur coup deux tasses de café. Depuis des mois il n'avait pas touché le corps d'une femme. Certes, il était allé là-bas au printemps et avait fait une halte dans une taverne avec l'espoir de rencontrer une femme mais, à sa grande déception, cela ne s'était pas déroulé ainsi. Le désir était demeuré emprisonné à l'intérieur de son corps, tel un poison, et il le torturait dans des rêves stériles.

Lorsqu'il remonta de la cave, Amalia lui dit :

– J'ai réfléchi : tu peux descendre.

– Que s'est-il passé ?

– Je n'ai plus peur. J'ai surmonté la peur.

– Je ne te comprends vraiment pas, dit-il en regrettant aussitôt ses mots.

Gad connaissait cette humeur chez Amalia. Elle disait renoncer, elle se plongeait dans le travail, et lorsqu'elle en avait terminé, elle buvait deux ou trois verres et éclatait en sanglots. Depuis un an, il vivait dans la crainte qu'elle commette un acte irréparable. Il avait noté que, chaque fois qu'il évoquait quelque chose qui ne lui plaisait guère, en particulier son intention de se rendre en bas, Amalia ne disait rien, elle avait des gestes vifs et nerveux.

Cette fois il prit une autre voix pour dire :

– Pourquoi ne partirais-tu pas en villégiature cet été ?

Amalia ne réagit pas.

Plus tard, il lui promit de ne plus aller chez Sofia. Sofia est corrompue et corrompt. Tous les colporteurs du coin vont chez elle, y compris celui de ce matin.

Amalia sourit :

– Nous verrons.

– Tu ne me crois pas.

– Je te crois, dit-elle, en lui envoyant un baiser en l'air.

Ce geste étrange laissa Gad perplexe.

8

Le lendemain, le ciel était clair et un vent froid soufflait du nord. Amalia se tenait au milieu de la cour. Elle portait la veste militaire de l'oncle Arié. Elle était d'une beauté éblouissante. Lorsqu'ils étaient arrivés ici, une douceur fragile masquait encore sa beauté mais les années sur la montagne avaient affermi son corps, renforcé ses bras et ses jambes. Elle avait l'allure d'une jeune paysanne consciente de ses charmes.

– C'est bizarre, dit-elle.

– Quoi ?

– Nous ne sommes ni des paysans ni des citadins. Que sommes-nous ?

– Nous sommes des combattants, répondit Gad, heureux que ce terme lui soit venu à l'esprit.

– Toi, oui. Mais pas moi.

– Nous sommes indissociables. Sans toi, je ne pourrais pas supporter.

Elle souhaitait à l'évidence demander pour quoi ils combattaient, mais elle n'en fit rien. La plupart du temps, Amalia ne questionne pas. Elle s'interroge. Elle enveloppe alors du regard ce qui la rend perplexe. Une fleur, un objet abandonné. Elle le contemple un long moment. Puis elle lève la tête et un mince sourire éclaire son visage, comme si elle venait de comprendre ce qui lui échappait auparavant. Gad apprécie ce regard. Il lui est arrivé de ne pas se retenir et d'embrasser son front.

Entre deux tempêtes, Gad aime se promener avec elle. Il aime lui montrer les prodiges de la montagne et les points de vue qui s'offrent à eux. D'en haut, la vie dans la plaine ressemble à une autre vie : la sérénité monte en volutes, les hommes et les bêtes sont liés les uns aux autres par une merveilleuse harmonie et le soir, lorsque les charrues chargées de trèfles rentrent des champs, on ressent plus puissamment encore le contact avec la terre. Sur la cime, il n'y a pas un moment de tranquillité, même en été les vents sont violents, pour ne rien dire des tempêtes. Un jour, un vieil homme lui a expliqué : « Chaque montagne a quelque chose du mont Sinaï et sur chaque montagne on *voit* un peu les voix, comme lors du don de la Torah. La montagne est proche de Dieu. Ce n'est pas pour rien que la Torah a été donnée sur une montagne et pas dans la plaine. La plaine est ancrée dans le matérialisme, et on n'y voit pas les voix. »

– Amalia, dit-il.

– Quoi ?

– Parfois il me semble que nous ne savons pas apprécier à sa juste valeur ce dont nous avons hérité. Tous les Juifs n'ont pas droit à de tels cieux et de telles visions.

– C'est vrai.

– Cette beauté enseigne beaucoup à l'âme. Dommage que nous soyons repliés en nous-mêmes et que nous ne voyions pas suffisamment ce que l'on nous montre.

Amalia n'aime pas ses reproches mais lorsqu'il évoque son

âme, sa détresse et ses émerveillements, elle l'écoute religieusement. Elle trouve que les années dans la montagne ont éclairci ses pensées. Il parle comme un homme dont la détresse n'a pas infléchi sa manière de voir.

– Gad.

– Quoi, ma chérie ?

– Je suis très heureuse que tu sois vivant.

– Pourquoi dis-tu cela ?

– C'est ce que je ressens.

– Et moi, si tu veux le savoir, je t'aime.

Cette nuit-là, ils burent une quantité incalculable de Slivovitz, se moquèrent des cousins avares qui ne les avaient pas aidés, des gens de la plaine qui ignoraient tout de l'exaltation de l'âme, toujours recroquevillés dans la petitesse, désirant seulement un magasin de plus, et un entrepôt de plus. Même leurs fautes étaient mesquines. Pâles.

Ils étaient de si bonne humeur qu'ils fredonnèrent des chansons populaires ruthènes et s'endormirent sur leurs châlits sans même ôter leurs vêtements.

9

Les jours qui suivirent furent sombres, pluvieux et froids. Gad alluma les deux poêles et Amalia ne se départit pas de la vieille veste militaire de l'oncle Arié. Malgré cela, Gad tint à se rendre chaque jour au cimetière. À son retour, ses vêtements étaient trempés et il était crotté de la tête aux pieds. Amalia s'empressait de lui tendre une serviette et des vêtements secs. Au début elle lui faisait remarquer : « Tu risques, Dieu nous en préserve, d'attraper une infection pulmonaire », mais elle avait cessé. Elle voyait bien qu'il était impensable pour lui de laisser le cimetière sans surveillance.

Dès le début d'après-midi, il faisait sombre dans la maison comme dans une grotte, Gad allumait la lampe à pétrole et s'asseyait à la table en attendant l'assiette de soupe. Il lui en fallait deux pour se réchauffer. Parfois, dans une demi-torpeur, Amalia se souvenait d'un épisode de leur enfance et s'empressait de le lui raconter. Gad répétait : « Il faut oublier la plaine. Penser à la plaine, ça fait nourrir de faux espoirs. Mieux vaut s'occuper des choses d'ici, consolider la maison et préparer des réserves de bois et d'eau. »

Un soir, elle dit à Gad :

– Je sens que nous nous écoulons et que nous avançons.

– Que veux-tu dire ?

– Tu ne sens pas que nous sommes portés ?

– Les vents et les pluies te donnent apparemment ce sentiment trompeur.

– Je sens que bientôt nous serons ailleurs.

– Je ne te comprends pas, ma chérie.

– Je sens que nous ne sommes pas au même endroit.

– C'est ce qu'il te semble.

– Je sens que lorsque nous parviendrons à notre destination, ce sera beaucoup plus beau. Tu ne sens rien ?

– Ma chérie, la pluie n'est pas le déluge et notre maison n'est pas une arche.

– Et toi, tu dis que nous sommes au même endroit ?

– Tu as trop bu, ma chérie.

Durant la nuit, la pluie redoubla de violence et Amalia demanda à faire rentrer les chiens. D'habitude Gad refusait mais cette fois, curieusement, il accepta. Les chiens bondirent à l'intérieur en poussant des glapissements de joie. Gad savait que bientôt Amalia se blottirait avec eux près du feu et entonnerait un chant ruthène. Il ne faut pas s'allonger par terre avec les chiens, voulut-il dire.

Plus tard il se ravisa, s'assit près d'elle et lui parla de la nécessité qu'il y avait d'adopter une conduite ferme, d'exiger des pèlerins de véritables dons car la maison était vieille et avait besoin d'être consolidée. Sans cela, elle s'effondrerait. Il sembla un instant à Amalia que sa colère n'était pas dirigée contre les pèlerins mais contre lui-même et ses faiblesses.

– Tu as toujours agi avec foi et honnêteté, lui dit-elle délicatement, tout en serrant les chiens contre elle.

– Non, ma chérie, dit-il en appuyant ses mots.

– Tu te trompes, mon chéri, poursuivit-elle avec la même douceur. Les gens sont hypocrites. Un impénitent qui prie ne voit pas sa prière exaucée. Si un homme désire ardemment se purifier, on l'aide là-haut. Mais venir ici et se dérober, abuser, ne pas laisser de don à ceux qui restent là en hiver… c'est une duperie. On peut tromper la chair et le sang, mais pas les cieux.

Gad fut stupéfait d'entendre ces mots et ces expressions. Il n'imaginait pas qu'Amalia avait à ce point intégré les prédications des Anciens.

– Amalia ?

– Quoi ?

– Tu écoutes ce que disent les Anciens, n'est-ce pas ?

– J'aime leurs voix. Parfois il me semble qu'ils parlent par la bouche de la Force.

– Je ne comprends pas ce que tu dis.

– Il y a de la lumière sur leurs visages. Tu ne l'as pas remarqué ?

Mais plus tard, il fut irrité par ses yeux rouges, par ses cheveux ébouriffés et par l'abandon dont elle faisait preuve avec les chiens. D'après la loi, voulut-il crier, il est interdit de coucher avec les animaux, celui qui fait cela est condamné à mort, on ne peut aimer que les êtres humains.

– Nous avons trop bu, n'est-ce pas ? dit Amalia d'une voix creuse.

– Combien de bouteilles reste-t-il ?

– Il y en a encore.

– Nous devons faire infiniment attention. Il ne faut pas

que l'on se retrouve sans rien à boire. Combien en reste-t-il ?

– Six bouteilles.

– C'est très peu. Il faut économiser.

– Oui.

– J'interdirai à celui qui n'apporte pas de bouteille de fouler ce sol, dit Gad en élevant la voix.

Une colère d'ivrogne épaississait son regard. Il était manifestement tout près de se ruer sur les chiens et de les jeter dehors en rappelant à Amalia qu'il était interdit d'avoir commerce avec eux.

Mais il ne s'emporta pas. Il prit la lampe sur l'étagère, la remplit de pétrole, alluma la mèche et descendit à la cave. Il se rendit directement à la cachette et en sortit le fusil. Une fois par mois il ouvrait la cachette, sortait le fusil, le démontait, le nettoyait et l'enduisait d'huile. Le contact avec le métal cylindrique lui donnait l'assurance qu'il saurait, l'heure venue, se défendre et sauver Amalia.

Cette occupation mystérieuse terrifiait Amalia. Chaque fois qu'elle l'entendait armer l'instrument et appuyer sur la détente, elle s'enveloppait la tête de ses mains, et retenait son souffle.

10

Les jours allaient en s'assombrissant. Puis les tempêtes de neige submergèrent la montagne et la plongèrent dans l'obscurité. Les murs tremblaient sous la puissance du vent. Chaque année se rejouait le même acte effrayant, et chaque année il était dur de s'y habituer. Il y a longtemps de cela, Gad s'en extasiait et communiquait son enthousiasme à sa sœur. Plus d'une fois il avait été sidéré par les mots qu'il avait prononcés. Certes, les mots n'étaient pas vraiment les siens, et cependant ils avaient un éclat qui lui était propre. Lorsqu'il s'enthousiasmait, il saisissait le sens d'un mot ou d'un verset de la Bible et cela l'ébranlait. Mais au fil du temps sa fougue s'était estompée jusqu'à s'évanouir tout à fait. Il avait tenté de ranimer dans son âme la constance et la foi mais le désir d'une femme, l'hiver, et l'état d'abattement dans lequel Amalia se trouvait fréquemment avaient éteint son ardeur, bûche par bûche.

Après une journée de silence, d'irritations maîtrisées, de paroles radotées, il fermait les yeux et voyait Sofia. C'était une femme de trente-huit ans, bien en chair, vêtue d'une robe à fleurs ou d'un peignoir vert. Elle avait été mariée mais cela n'avait pas duré. Depuis son divorce elle batifolait avec des colporteurs et des commerçants juifs. Manifestement, elle appréciait les Juifs, mais ce n'était pas une affection dénuée de sens critique. Plus d'une fois Gad l'avait entendue dire que, si elle avait été douée pour l'écriture, elle aurait écrit un livre entier sur les Juifs. Devant Gad elle avait affirmé : « Les Juifs ne sont pas laids comme on le prétend. Ils sont simplement nerveux, tourmentés, et parfois perdus comme des petits enfants. Ce sont des traits qui leur ont été transmis par leurs ancêtres, il est difficile d'échapper à ça. »

Elle parlait clairement. Parfois, elle donnait l'impression d'être allée au lycée. Mais ce n'était pas le cas, bien sûr. Les commerçants laissaient des livres chez elle, entre autres choses. Au fil des ans elle avait accumulé une quantité non négligeable de livres sur ses deux étagères : des récits de voyage, des romans, des biographies, des catalogues de firmes prestigieuses, et même une encyclopédie. Il lui arrivait de les compulser, mais ce n'était pas là qu'elle puisait son savoir. Elle aimait contempler et ses yeux avaient l'acuité de ceux d'un tigre. Lors de sa première visite chez elle, elle lui avait dit : « Les Juifs ne savent pas vivre car ils vivent dans la promiscuité. La promiscuité gâte le goût de la vie. S'ils vivaient dans la nature, parmi les arbres et les bêtes, leur vie serait différente. La promiscuité est la mère de toutes les maladies. Il faut les disperser dans les montagnes et les vallées. »

Mais ces remarques étaient secondaires. L'essentiel, chez elle, c'était l'amour. La moitié d'une nuit chez Sofia, pour ne pas dire une nuit entière, vous métamorphosait. Sa présence ne vous lâchait pas, même lorsque vous aviez l'esprit occupé par les pires tracas. En sa présence, tous les plaisirs se tissaient. Chaque instant possédait sa saveur propre. En particulier l'odeur et le goût. Elle parfumait son corps à l'eau de rose et sa chair était sucrée. Elle avait des formes rebondies, mais fermes. La féminité et la solidité se mêlaient intimement chez elle. Elle n'avait rien de douceâtre, ni dans les paroles ni dans les actes.

Elle avait eu de l'affection pour Gad dès le début. « Comment t'es-tu retrouvé chez les Juifs ? D'après moi, tu y es arrivé par erreur. Tu es plus grand qu'eux, plus robuste, et tu sais tenir ta langue. Les Juifs, pardonne-moi, sont bavards de nature, ils détaillent, expliquent, trouvent toujours une faille dans la logique de leur interlocuteur. Bref, ils ne savent pas se taire. Un jour, quelqu'un de ta tribu m'a soûlée de paroles. Je n'ai pas pu le supporter et je lui ai demandé de quitter la maison. Le pauvre, il était persuadé que je voulais lui piquer son argent. Je lui ai dit : « Ma maquerelle te remboursera, laisse-moi juste tranquille. » Il n'a pas compris de quoi je parlais.

« Mais il y a parmi les Juifs, il faut le reconnaître, des hommes merveilleux, valeureux et silencieux, au contact desquels on devient fou. La matière et l'esprit sous un même toit. Eux, je les aime d'un véritable amour. Pour eux je suis prête à aller au bout du monde. Une tribu qui a donné naissance à ces gens-là est une grande tribu. Un des leurs vaut des centaines de Ruthènes. »

Sofia était une femme, de tout son être. Les années, les hommes n'avaient pas abîmé sa féminité. Parfois elle parlait d'elle à la troisième personne. Lors de sa deuxième visite, elle lui avait dit : « Où étais-tu pendant tout ce temps ? Si tu as pu te passer de Sofia aussi longtemps, cela veut dire que Sofia ne sait pas t'aimer comme il le faut. » Gad, troublé, n'avait su quoi répondre. Cette nuit-là, elle s'était surpassée : elle s'était baignée avec lui dans une large cuve en bois et l'avait gâté comme elle seule savait le faire. Gad était venu deux fois chez elle et elle le qualifiait d'« amant remarquable ». Depuis, dès qu'il fermait les yeux, c'était elle qu'il voyait. En hiver sa présence se faisait plus prégnante. Gad savait que ses clients étaient nombreux, et qu'elle leur disait certainement aussi ce qu'elle lui disait à lui. Il continuait de s'illusionner en pensant qu'elle entretenait avec lui un rapport privilégié.

Sofia était son secret. Amalia savait combien Sofia était profondément ancrée en lui, et lorsque l'ivresse la submergeait elle répétait : « Tu as le droit d'aller chez toutes les femmes, mais pas chez Sofia. » Elle ne disait pas « la Ruthène », mais l'appelait par son prénom. Gad ne réagissait pas. Son silence ne faisait qu'amplifier la colère d'Amalia. Un jour, dans un moment de profonde ivresse elle avait dit : « Sofia est mon ennemie jurée. J'attends la première occasion de la tuer. » Gad en fut bouleversé et les mots qu'il souhaitait prononcer furent engloutis dans sa gorge.

11

Au mois de Kislev les jours furent sombres comme des nuits et Amalia ne franchit pas le seuil de la maison. Les chiens hurlaient comme des loups. Gad sciait du bois dès le matin. Quand il remontait de la cave, il disait : « C'est bien que nous soyons ici. Dans la plaine, on meurt de froid. »

Comme à chaque mois de Kislev, Amalia se figea dans une sorte de silence glacial. La tache jaune sur son front avait bruni, ses joues étaient crispées et tendues. Pose les mains sur la table, voulut-il lui dire, des mains ouvertes et décontractées font disparaître la terreur, mais il s'aperçut aussitôt que cette idée n'avait aucun fondement. La nuit, pourtant, il lui parla de la tristesse qui dévorait et assombrissait la moindre bonne parcelle d'âme :

– Il faut fuir ce gouffre tant que nous sommes vivants et que nous en avons la force.

Amalia ne réagit pas. Elle le regarda avec de grands yeux éteints, qui semblaient signifier : Pourquoi m'embêtes-tu ?

– Il est interdit de se plaindre, dit-il, comme si c'était ce qu'elle avait fait.

À midi, il épluchait des pommes de terre, coupait des oignons, accomplissait toutes les tâches ménagères auxquelles

Amalia rechignait. Ils restaient attablés pendant des heures. La bouche d'Amalia remuait en silence et donnait à son visage l'expression d'une créature muette. Parfois elle s'endormait à table, la chemise défaite, la bouche ouverte, comme si elle ne se trouvait pas dans une maison mais dans une gare grouillante de gens où l'on chargeait des ballots tandis que des réfugiés se pelotonnaient dans les moindres recoins pour dormir. Une rougeur s'étendait sur son cou et ses joues comme chez les paysannes de la taverne.

Ainsi passa le mois de Kislev. Les pluies tombèrent sans répit. L'obscurité était grande. Le matin il était difficile de sortir Amalia de son sommeil. Même un café fort ne la réveillait pas. Seul le soir et quelques verres de Slivovitz réveillaient ses yeux éteints, et elle souriait.

Une nuit il s'aperçut qu'une jambe d'Amalia reposait sur sa couche à lui. Il voulut la repousser, ce qu'il faisait lorsqu'elle ronflait, et il commença à la toucher mais la jambe charnue, étendue en travers du lit, ne bougea pas. Il connaissait bien cette jambe, sauf qu'elle était cette fois entièrement dénudée. Les flammes du poêle l'éclairaient d'une lumière de bronze. Jamais, au grand jamais, il ne l'avait vue dans cette position. Une position qui exprimait en même temps le défi et la libération. Une Amalia cachée s'incarnait là, qui avait surgi du plus profond d'elle. La nuit, lorsqu'elle était imbibée de Slivovitz, il arrivait qu'elle laisse échapper une suite de mots stupéfiante : « Sus à cette humiliation, sus à cette petitesse, je vais aimer celui que j'aime. L'amour précède les interdits. »

Une fois, il avait osé demander : « Aimer qui ?

– Celui que le cœur dit d'aimer. »

Dans le temps, quand elle avait six ans, elle se glissait dans son lit au petit matin et lui chatouillait la plante des pieds. Elle avait deviné que les chatouilles lui procuraient du plaisir. Un jour leur mère l'avait surprise. Elle l'avait entraînée dans un coin et l'avait giflée brusquement. Amalia en avait été sidérée et elle était restée muette, ce qui avait redoublé la colère de la mère, laquelle l'avait frappée de nouveau. Étrangement, sa mère ne lui avait pas fait la morale et Amalia n'avait pas pleuré. C'était peut-être pour cette raison que ce cauchemar s'était gravé dans sa mémoire.

Le visage d'Amalia était maintenant enfoui dans l'oreiller mais sa nuque découverte était éclairée, une nuque large, comme plantée entre les épaules. Cette partie de son corps était restée inconnue de Gad jusque-là.

Lorsqu'ils étaient montés dans la montagne, sa silhouette était fine et longue, et quelque chose comme une jeunesse blanche recouvrait son visage. Mais les années passées ici l'avaient métamorphosée. Ses formes s'étaient affirmées, ses mains avaient rougi, comme celles des paysannes qui vivaient sur les collines alentour. Le lent changement qui s'était opéré sous ses yeux était à présent bien visible mais il s'y était habitué, non sans satisfaction : sa sœur n'était plus une faible créature, mais une femme épanouie.

Tandis qu'il la contemplait elle bougea légèrement. Le poêle éclairait désormais son épaule, la courbe de ses hanches, et sa jambe gauche, qu'il connaissait bien. Enfant, elle s'était à plusieurs reprises foulé la cheville gauche, et chaque fois qu'on l'amenait au dispensaire l'infirmier disait :

– C'est encore la petite coquine.

– Elle n'est pas coquine : elle n'a pas de chance, la défendait son père.

– Comment est-ce arrivé ? demandait l'infirmier.

– Elle a glissé.

– Ce genre de chose n'arrive pas comme ça.

– Il y avait un puits, caché par un fin grillage.

– Ah, ça, c'est une autre histoire.

Et il sortait aussitôt préparer les attelles pour maintenir la jambe.

Depuis son enfance, Gad aimait contempler cette jambe prédestinée aux accidents. Elle avait quelque chose de charmant, sans doute à cause du gros orteil un peu trop court.

Il se leva et s'approcha du poêle. Amalia était étendue en travers des deux lits, la jambe droite repliée et la jambe gauche tendue, ce qui faisait ressortir la courbe de son postérieur. Il y avait dans sa position quelque chose de plein et lourd, comme si elle était imbriquée dans le matelas.

Quand il avait onze ans, il l'avait vue prendre un bain. Elle était encore une enfant mais ses gestes, à ce moment-là, étaient ceux d'une jeune femme. Elle avait relevé ses cheveux comme pour découvrir la longueur de son cou. Il avait toujours aimé la regarder, et c'était encore le cas après qu'elle eut grandi. Maintenant il se souvenait que, lorsqu'ils étaient montés ici, Amalia tremblait et pleurait, et il ne savait que faire. Dans son trouble il avait dit : « Il n'y a pas de quoi avoir peur, personne ne viendra ici, toute la montagne sera à nous, rien qu'à nous. » Les derniers mots avaient mis fin à ses pleurs et un petit sourire mystérieux était passé sur son visage, comme s'il lui avait été annoncé que les jours prochains seraient secrets et merveilleux. Gad lui avait alors servi un verre de thé qu'elle avait enveloppé de ses deux mains.

S'ensuivirent six années d'amour dissimulé et étouffant. Plus dures que tout étaient les suspicions : qui trahirait qui ? Quand son cœur était adouci par la Slivovitz elle disait :

– Tu dois descendre. Tu as besoin d'une femme.

– Tu m'envoies vers des non-Juives ?

– Je ne suis pas bonne, mais elles, elles seront bonnes envers toi.

– Tu es meilleure qu'elles.

À ces mots, elle éclatait d'un rire fort, comme s'il lui avait murmuré à l'oreille un mot interdit.

Le temps les avait rapprochés du précipice. Il s'agenouilla et serra entre ses mains le pied d'Amalia, qui tressauta avant de s'immobiliser de nouveau. Il colla sa bouche à la cambrure du pied et commença à la dévorer parcelle par parcelle, tout au long de son corps. Elle ne bougea pas, même lorsqu'il planta la bouche dans son cou.

Ensuite il se blottit contre son corps. Il pouvait sentir la respiration d'Amalia, et le désir aveugle qui bouillonnait dans son corps solide. Il se serra contre elle violemment, comme s'il voulait l'enfermer entre ses bras. Elle ne réagit pas, même lorsqu'il lui fit mal. Ses yeux étaient fermés, sa bouche ouverte, et tout son être disait : Ne crains rien, je suis à toi, désormais.

12

Le lendemain ils dormirent jusque tard. À leur réveil, le ciel était parsemé de taches claires, et le visage d'Amalia, rouge, collait à l'oreiller. La maison s'était refroidie et Gad alla ranimer le feu dans les cendres encore chaudes. Amalia mettait du temps à se lever. Gad se tenait à la fenêtre et se rappelait avec netteté l'hiver dans la maison de la plaine, le magasin et les clients emmitouflés dans leurs longs manteaux, tremblant de froid debout près de la caisse, les paumes rouges de leur mère, et leur père, qui traînait des sacs vers la porte. Amalia était petite et on ne lui permettait pas de sortir en hiver. Un jour elle s'était aventurée dehors et était entrée dans le magasin. En la voyant, sa mère avait contourné le comptoir, l'avait attrapée d'un geste brusque et giflée. Et puis elle l'avait pincée aussi. Amalia avait gémi et sa mère, submergée par la colère, lui avait plaqué la main sur la bouche. De retour au comptoir, la colère s'était aussitôt effacée du visage de sa mère, qui s'était remise à servir les clients.

Cet ancien souvenir enveloppa Gad un instant puis s'évapora. Il s'approcha du feu et prépara rapidement deux tasses de café, quelques tranches de pain beurrées avec de la confiture et dit d'une voix forte :

– Le café est prêt !

La réponse ne tarda pas :

– Je viens.

Amalia se dirigea vers la cuvette et s'aspergea le visage. Ils s'assirent et burent plusieurs tasses. Gad essaya de prononcer quelques phrases à voix basse mais les mots sortirent hésitants et incompréhensibles. Amalia suivait ses paroles avec une attention évasive.

Ils demeurèrent assis longtemps. L'obscurité épaisse du dehors s'infiltra à l'intérieur, se répandit sur le sol et s'enfonça dans les recoins. Les nombreuses tasses de café qu'il avait englouties avaient éveillé ses membres et il eut la sensation de son téton dans sa bouche. Il avait envie de s'agenouiller et d'enserrer ses jambes mais il était en proie à une crainte inexplicable. Il lui semblait que ce qui s'était passé durant la nuit était une affaire entre lui et lui, et qu'Amalia n'avait pris aucune part à ce rêve-mirage. C'est mieux ainsi, toute la faute m'incombera et Amalia sera innocente face au Créateur, pensa-t-il.

Il leva la tête et découvrit à sa grande surprise que le visage d'Amalia n'exprimait ni regret ni douleur. Elle avait eu un sourire qu'il connaissait bien mais il s'était comme ouvert un peu plus. Il était difficile de savoir si c'était dû à un souvenir agréable ou au plaisir procuré par le café. Aucun trouble ne transparaissait. Elle buvait le café à grandes gorgées, comme elle en avait l'habitude après une journée de labeur.

– Que s'est-il passé ? dit Gad, aussitôt effrayé par ses propres paroles.

Le visage d'Amalia fut un instant saisi d'effroi puis ses

lèvres se plissèrent en un fin sourire. Toute l'obscurité douce de la nuit bouillonnait encore dans les membres de Gad. Il ne savait pas si c'était un rêve ou la réalité travestie en rêve. Il n'osait pas lever les yeux et affronter le visage d'Amalia. Celle-ci pouvait ainsi l'observer à loisir. Aucun geste de Gad ne lui échappait.

– Il faut étriller la vache, dit-il en se levant.

– Quelle heure est-il ? demanda distraitement Amalia.

– Onze heures et demie.

– Déjà !

Il commença par nourrir les chiens puis pénétra dans l'étable. La vache, que son maître tardait à traire, exprimait son mécontentement par des mouvements agacés. Gad lui caressa la tête et commença aussitôt la mulsion. Les pis étaient pleins et la traite dura un long moment.

Le contact avec l'animal immobile fit imperceptiblement surgir le visage à demi éclairé d'Amalia, l'odeur de ses aisselles et le goût de ses seins.

Lorsqu'il rentra, le seau de lait à la main, Amalia était à moitié allongée sur le lit, le corps rejeté en arrière, appuyée sur les avant-bras – une position qu'il ne lui avait jamais vu prendre. Ses yeux brillaient d'un éclat bleu, et il lui sembla qu'elle était sur le point de prononcer une longue phrase.

– Je descends au cellier préparer du bois. Aurais-tu la bonté de mettre le lait dans le garde-manger ? dit-il en essayant d'adopter un ton familier.

– Tout de suite, répondit-elle, et elle posa un pied par terre.

Il descendit et se concentra sur sa tâche. Il travailla sans répit et, au milieu de la journée, un monticule de bûches s'élevait devant le cellier. Gad était satisfait de la qualité et de la quantité de bois débité.

En remontant, il remarqua immédiatement qu'elle n'avait pas préparé le déjeuner. Elle était allongée sur son lit, la tête enfouie dans l'oreiller, ses deux longues jambes étendues. Il s'assit sur le lit et caressa sa jambe gauche. Amalia ne bougea pas, mais il était clair que le contact de sa main lui était agréable.

– Amalia, dit-il d'une voix neutre.

Elle ne réagit pas. L'obscurité qui s'écoulait des fenêtres flottait au-dessus d'elle.

– Je vais préparer le déjeuner, dit-il, mais il comprit aussitôt qu'à présent l'ordre des repères était modifié, le rythme était autre, et qu'il devait s'y accoutumer.

Il fit volte-face et posa la tête sur la plante de son pied, suçota l'orteil et se colla lentement à elle. Amalia n'ouvrit pas les yeux. Elle était plongée dans un sombre plaisir. Plus tard, elle ouvrit les bras et le serra contre elle.

Ils étaient enchâssés l'un dans l'autre. Par moments il tendait les lèvres et goûtait à la douceur de ses seins. Il n'émergea du sommeil qu'à l'approche du soir. Ce furent les chiens qui le réveillèrent et mirent fin au rêve dans lequel il était plongé. Il sortit du lit et s'assit sur la chaise en osier. Les nombreuses heures de sommeil n'avaient pas épongé sa fatigue. C'était une fatigue comme il n'en avait pas ressenti depuis longtemps, et il fut tenté un instant de retourner se lover contre Amalia.

– Amalia, dit-il.

– Quoi ?

– Il est six heures du soir. Nous n'avons pas déjeuné. Je prépare quelque chose ?

– Je n'ai pas faim.

Il se pencha vers le poêle et posa sur les braises quelques bûches sèches. Le feu prit, et Gad contempla les flammes un long moment.

Puis il s'habilla et alla nourrir les chiens. Ils avaient faim et vinrent joyeusement à sa rencontre. La vache aussi attendait l'orge les yeux avides.

Cela faisait plus de six ans qu'il vivait en leur compagnie. Cette compagnie lui procurait beaucoup de plaisir. Dommage qu'il existât une compétition muette entre Amalia et lui à propos des chiens. Lui sortait avec eux pour de longues promenades nocturnes et les entraînait à attraper les voleurs, et Amalia se blottissait contre eux devant le poêle. Plus d'une fois il l'avait entendue dire : « N'est-ce pas que vous m'aimez plus ? »

Au retour il trouva Amalia plongée dans un profond sommeil. La moitié de son visage était découvert. Ce qui s'était passé entre eux lui semblait à présent comme un malentendu qu'on pouvait dissiper facilement, et c'est avec ce sentiment qu'il s'approcha du lit et dit :

– Je prépare le dîner.

Amalia fit un mouvement de la tête et s'humecta les lèvres.

– Amalia, répéta-t-il, je prépare le dîner.

– Bientôt, dit-elle.

Il prépara une galette de maïs. Ce plat paysan était l'un de ses préférés, au lait ou au fromage. Parfois il se régalait d'une tranche froide.

Cela lui prit une heure. Il étendit une nappe sur la table, alluma deux bougies de cire, souhaitant faire du repas une fête. Lorsque la table fut dressée, les assiettes et les verres posés, il s'assit sur le lit et dit :

– Le repas est prêt.

Amalia ouvrit les yeux. C'était elle et ce n'était pas elle : l'habituel chagrin s'était effacé de son visage et un léger sourire flottait sur ses lèvres. Elle se leva, secoua ses cheveux comme si elle sortait d'une baignade agréable dans une rivière.

– Que s'est-il passé ? demanda Gad, en regrettant aussitôt d'avoir parlé.

Amalia ferma de nouveau les yeux. Puis elle alla vers la cuvette et s'aspergea le visage. Elle accomplit ce geste, pourtant naturel, d'une façon différente, plus déterminée. Ils se mirent à table et Amalia évoqua un lointain souvenir d'enfance. Elle et son amie Dounia allaient parfois aux pâturages près du fleuve. Elles couraient des heures durant entre les herbes et finissaient par contempler, assises, les troupeaux et le bétail, en s'étonnant de l'indifférence des animaux. Dounia lui avait dit un jour une phrase qu'elle n'oublierait jamais : Ils ignorent que demain on les égorgera.

– D'où sais-tu cela ?

– Le propriétaire l'a dit à mon père.

– Et qu'a dit ton père ?

– Rien. Il a écouté.

Juste après, elles s'étaient levées et étaient rentrées. Dounia n'avait pas reparlé des intentions du propriétaire mais cette nuit-là, et les nuits qui avaient suivi, la vision des troupeaux paisibles ignorants de ce qu'il adviendrait d'eux le lendemain n'avait pas quitté Amalia.

Ils restèrent encore un bon moment à table. Amalia contemplait son frère avec des yeux grands ouverts. Gad baissait la tête, afin de ne pas croiser son regard. La tempête dehors était violente, elle s'abattait par rafales régulières et ébranlait les murs de la maison. Tout cela ne les touchait plus. Ils étaient immergés dans une douce passion qui les enveloppait tout entiers.

13

Le lendemain, le ciel était limpide. La neige avait gelé et de grands corbeaux sautillaient sur l'étendue étincelante. Gad se souvint, le cœur serré, du cimetière et de ses murets. Curieusement, il lui semblait que cela faisait longtemps qu'il n'y était pas allé. Quelque chose comme de la crainte le fit se lever.

– Quelle heure est-il ? demanda Amalia.

– Midi.

Il se rendit à l'étable. La bête délaissée et assoiffée exprima sa joie par des meuglements saccadés. À leur arrivée ici elle était toute jeune, et elle lui vouait depuis une affection silencieuse. Jamais elle ne lui avait donné de coup de sabot, jamais elle ne l'avait bousculé. À la douce saison, il l'emmenait vers la prairie et restait avec elle au grand air. Durant ces heures muettes auprès d'elle il se perdait dans des divagations agréables.

Après la traite, il dit à Amalia :

– J'y vais. Donne à manger aux chiens.

– Où vas-tu ? demanda-t-elle, encore ensommeillée.

– Au cimetière.

– N'en fais pas trop, dit-elle sans ouvrir les yeux.

– Ne t'inquiète pas.

Et il sortit.

Le soleil était bas et répandait sa lumière le long des talus. C'était un soleil dénudé, un soleil froid. La vue était nette, vive, et en bas, dans les villages éparpillés, les petites chaumières apparaissaient dans leur vérité.

Le paysage lointain, parfait dans sa simplicité, lui rappela soudain les interminables routes en hiver, son père, et la petite carriole qu'il conduisait. Il l'avait quelquefois accompagné pour faire des courses dans les villages avoisinants. Une tempête de neige les avait bloqués un jour au milieu des champs ; le père, désespéré, était descendu de la carriole et avait crié : « Aide-nous, mon Dieu, aide-nous. » La prière, à leur grande surprise, avait été exaucée. La tempête avait cessé et ils étaient retournés chez eux en paix.

Une couverture blanche ensevelissait le cimetière. Quelques hautes stèles émergeaient de la neige. Il pensa tout d'abord prendre une bêche et ôter la neige mais il comprit vite l'ineptie de cette idée. « La neige ne fait pas de mal, seule la glace, en fondant, s'infiltre et met à nu les stèles. » Il se souvint des propos de l'oncle Arié. « On est encore loin du printemps, il n'y a rien à faire. » Cette pensée adoucit d'un seul coup la crainte qui l'inondait depuis le matin.

Naguère les martyrs lui faisaient peur. Il se les représentait tels des géants. Avec le temps il comprit que c'était la foi qui avait fait d'eux des combattants courageux. Il y avait tant et tant de légendes liées à leurs noms que leur portrait s'était divisé en une centaine de portraits. Chaque croyant possédait son propre martyr. Gad, quoi qu'il en soit, avait appris à vivre sans crainte parmi eux. Parfois, sans qu'il en ait eu l'intention, des prières s'échappaient de lui, lorsqu'il était près d'eux.

Ici, entre les tombes, il avait plus d'une fois eu la vision de son père et de sa mère, chargés jusqu'à l'épuisement, agrippés à leur magasin bec et ongles. Mais rien n'y avait fait : les clients s'étaient faits rares, les gens qui leur avaient prêté de l'argent avaient exigé des intérêts et tout s'était effondré. S'il y avait jamais eu une petite lumière dans la sinistre maison de la plaine, c'était le visage radieux d'Amalia. Elle était belle, et sa beauté effrayait ses parents. Souvent, il avait vu son père la contempler dormir. Sa mère disait qu'il est interdit de contempler le sommeil des enfants et il avait cessé, mais pas tout à fait, car en cachette il continuait de la regarder.

Lorsqu'elle avait dix-sept ans, un jeune commerçant avait demandé à la prendre pour femme. C'était un garçon grassouillet qui avait hérité de ses parents un grand magasin. Il parlait vite, tel un homme qui possède de nombreuses affaires et n'a pas de temps à perdre en futilités. Amalia, à la surprise générale, refusa. Les pressions de sa mère et de ses tantes n'y changèrent rien. Sa détermination était d'airain : c'était non, non et non.

– Tu le regretteras, la blâma sa mère dans un grincement de dents.

Le père ne s'en mêla pas et, en conséquence, elle s'en prit également à lui. Durant des semaines la maison fut semblable à une marmite bouillonnante. Puis la mère tomba malade, d'une maladie sans espoir de guérison, et ne se releva pas. Le père ne fit pas long feu et tomba malade ce même hiver, puis il quitta ce monde.

Amalia, donc, avait dix-sept ans et Gad cinq de plus. Ils tentèrent de sauver le magasin mais il croulait sous les dettes.

Finalement, ils n'eurent pas d'autre choix que vendre. Le produit de la vente suffit à peine à rembourser les créanciers.

Lorsqu'il rentra du cimetière, la lumière déclinait déjà à l'horizon. Amalia était assise par terre et jouait avec les chiens. Une gaieté inconnue brillait dans ses yeux.

– Que fais-tu ? demanda-t-il.

– Rien.

– Il est interdit de faire entrer les chiens dans la maison.

– Ils avaient froid.

Le vieux soupçon, le soupçon sinistre qu'elle était secrètement attirée par les chiens aviva en lui la flamme endormie de la jalousie, et il répéta :

– Il est interdit de faire entrer les chiens dans la maison.

Cette fois non plus elle n'avait pas préparé de repas chaud. Ils mangèrent du pain, des œufs durs et des cornichons. Gad lui raconta la neige abondante amassée dans le cimetière, et la vue étonnante aux alentours. Amalia ne posa pas de questions, et ce n'est que plus tard qu'elle lui demanda pourquoi l'entrée des cimetières était interdite aux prêtres juifs. Gad connaissait pourtant toutes les explications mais là, étonnamment, il ne s'en souvenait plus. Il était si troublé qu'il dit :

– Les Anciens disent qu'il ne faut pas poser de questions, mais agir.

Amalia sourit. Elle avait deviné que son frère avait oublié l'explication.

Après le repas ils vidèrent quelques verres de Slivovitz. Gad se souvenait à présent du Juif qui lui avait apporté la bouteille. Un homme grand, imposant, et quelque chose comme une splendeur mate étalée sur le visage. Il marchait dans le cimetière d'un pas mesuré, mais ses yeux, de grands yeux tristes, débordaient d'un malheur inconsolable.

Plus tard dans la nuit, déjà à moitié ivre, Amalia parla d'un ton moqueur des jours d'enfance froids et sombres, de leur mère qui la frappait avec cruauté, de leur père faible qui ne venait pas à son secours. Gad tenta de l'apaiser par des mots mais ceux-ci, comme toujours, se dérobèrent.

Au milieu de la nuit, ivre et remplie de désir, Amalia demanda :

– Sommes-nous en train de commettre une faute ?

– Je ne pense pas, répliqua Gad pour la rassurer.

– Alors pourquoi en ai-je l'impression ?

– Tu te trompes, ma chérie, notre amour est pur et sans tache.

Les flammes du poêle les éclairaient et Gad constata qu'il n'avait pas convaincu sa sœur. Il ajouta aussitôt :

– La chose n'est pas permise à tout le monde. Ici, en haut, nous avons une mission importante, une mission noble, et pour que cette mission aille à son terme, la chose nous a été permise. Tous les hommes ne sont pas envoyés dans de tels lieux.

Il doutait qu'elle ait compris ses paroles. Elle le serra contre elle et l'embrassa avec fièvre. Tout au long de cette nuit, Gad ne cessa de se nourrir de ses seins fermes et de pétrir sa chair.

Puis ils sombrèrent dans un sommeil ininterrompu, enchâssés l'un dans l'autre jusqu'au milieu du jour et, sans le vacarme des chiens et leurs aboiements affamés, ils ne se seraient pas réveillés.

– Les chiens ne nous laissent aucun repos, dit Gad, et il se leva.

14

Les jours qui suivirent furent froids et sombres et les deux poêles ne suffisaient pas à chauffer la maison. Amalia passait la majeure partie de ses journées au lit et ne se levait que pour passer à table. Gad préparait des repas complets et ils s'asseyaient ensemble près de la fenêtre. Amalia ne demandait pas ce qui allait advenir, ni comment. Un léger rire éclatait parfois sur ses lèvres et faisait vaciller le silence dans la pièce. Il était difficile de savoir ce qui se passait en elle. Son visage, quoi qu'il en soit, n'exprimait ni douleur ni malheur.

Gad parlait beaucoup du printemps et de ses projets pour le cimetière : rehausser la clôture, construire des bancs de pierre ainsi qu'un abri pour protéger les gens de la pluie. « Ceci n'est pas un cimetière comme les autres mais le cimetière des martyrs qui protègent l'ensemble d'Israël », disait-il, comme s'il récitait. Amalia l'écoutait sans lui faire de remarques. Elle savait, y compris dans ses moments d'ivresse, qu'il ne ressortirait rien de ses projets. Les pèlerins ne répondraient pas à ses suppliques, se déroberaient au lieu de faire des dons, et sans argent, les paysans n'extrairaient pas la pierre de la montagne. Après une heure passée assise, elle retournait se pelotonner dans le lit.

– Il ne faut pas dormir autant, lui faisait-il gentiment observer.

– Je suis fatiguée.

– Un sommeil prolongé favorise les mauvaises pensées.

– Je suis bien au lit.

Et c'était comme une invitation à se blottir contre elle. Certains jours ils ne sortaient pas du lit. La soif qu'il avait d'elle ne s'apaisait pas. Chaque nuit il découvrait des recoins cachés de son corps. Parfois, il avait des accès de panique au milieu de la nuit. Il se levait, allumait le chandelier, descendait à la cave et coupait du bois. Le travail soutenu l'adoucissait et il se calmait.

Un matin, Gad découvrit que les réserves de Slivovitz diminuaient à vue d'œil. Il le savait depuis un moment, mais il craignait de l'annoncer à Amalia. Lorsqu'elle vidait deux ou trois verres, son cœur s'ouvrait. Elle qualifiait la Slivovitz de « philtre divin » et disait : « Celui qui ne boit pas quelques verres de Slivovitz ignore ce qu'est l'élévation de l'esprit. »

Ces derniers jours, elle avait beaucoup changé. La plupart du temps elle se taisait mais ce n'était pas un silence paisible. Elle observait son frère d'un regard aigu. Gad en était mal à l'aise. Mais être contemplé était moins dur que l'entendre parler, quand son visage s'ouvrait, et qu'elle rabâchait qu'à présent elle était libre, qu'elle n'avait plus peur de leur mère et qu'elle était prête à annoncer à la terre entière qu'elle aimait Dieu de toutes ses forces, et qu'elle était sûre que Dieu ne se détournerait pas d'elle.

« Amalia », disait-il, en essayant de l'interrompre. Mais elle poursuivait. Et elle redisait que, si on l'envoyait en enfer, elle recevrait cette sentence avec amour car en enfer aussi Dieu se trouvait, et on pouvait y aimer.

Lorsqu'elle apprit que les réserves de Slivovitz étaient épuisées, elle dit :

– Qu'allons-nous faire sans le philtre divin ? Sans lui, nous sommes du bétail. Pire que du bétail.

– Il y a un peu de vodka, répondit-il pour alléger sa peine.

– La vodka est la boisson des non-circoncis, une boisson qui enferme l'âme.

Faute de mieux, ils burent les restes de vodka. Amalia buvait et vomissait et répétait que la vodka, au lieu d'élever, abaissait, humiliait. Lorsqu'on boit de la Slivovitz, on boit l'eau du ciel. La vodka est l'eau des moins que rien. Les mots enfouis en elle depuis des années remontaient des profondeurs et la submergeaient. Gad se tenait près d'elle, muet.

Une nuit, totalement ivre, elle dit :

– Je veux que nous soyons un, un seul corps, sans séparation. Non plus toi et moi mais un seul moi, tu comprends ?

Gad n'en était pas sûr et il rétorqua :

– Peut-être.

– Il ne faut pas dire peut-être, le gronda-t-elle. Peut-être est un mot à bannir, un mot impur, un mot qui appose une tare dans le sentiment. N'utilise pas ce mot.

– Pardon, dit-il.

– Moi, mon chéri, je te pardonne de tout mon cœur. Viens vers moi, fondons-nous l'un dans l'autre, et abolissons toutes les barrières.

15

Un matin on frappa à la porte. Amalia s'enfuit à la cave. C'était un vieux paysan. Gad l'accueillit chaleureusement et lui proposa aussitôt un verre de vodka. Le paysan but et raconta par le menu les jours anciens, lorsqu'il était jeune et qu'il venait vendre ses produits à l'oncle Arié.

– Pourquoi es-tu venu aujourd'hui ? demanda Gad de façon impolie.

Le paysan fut stupéfait, se reprit et dit :

– J'ai pensé que toi aussi tu m'achèterais des choses. Arié et moi étions bons amis.

– Et où trouverais-je l'argent pour te payer ? demanda Gad avec un vieil accent juif.

– Les pèlerins ne t'en donnent pas ?

– Ils ne me donnent pas un sou.

– À ta place, je ne les laisserais pas entrer. Il n'y a pas de gardiens sans rémunération en ce monde.

Gad voulut lui fournir une explication détaillée mais les mots ne vinrent pas. Il fit un geste de la main droite comme pour dire : « Je ne changerai pas », mais le paysan insista et lui apprit que l'oncle Arié exigeait qu'on s'acquitte du paiement. Celui qui refusait n'entrait pas.

– L'oncle Arié était un homme croyant au sens fort du terme, dit Gad, en révélant par là sa propre faiblesse.

Le paysan refusa cette excuse. Il répondit avec simplicité :

– Quel est le rapport entre l'argent et la foi ?

– Je ne sais que faire, avoua finalement Gad.

– En été il faut verrouiller le portail. Seul celui qui paie entre.

– Je vais commencer à faire comme ça, accepta-t-il.

– Et tu n'as pas un sou ? répéta l'homme, pour revenir à son affaire.

– Même pas le centième d'un sou.

– Dommage que je me sois traîné jusqu'ici pour rien.

– J'aimerais beaucoup t'acheter de la Slivovitz. J'en ai besoin comme de l'air pour respirer. C'est notre pain et notre vin, dit-il, dans le langage des paysans. Mais que faire si je n'ai pas rempli ma fonction, si j'ai échoué ?

– Nul ne doit se considérer indigne, dit l'homme d'une voix autoritaire.

– Crois-moi, je n'exagère pas, rétorqua Gad, comme s'il avait été pris en train de tricher.

– Je ne te comprends pas, fit le paysan en se levant, avant d'ajouter : Alors on n'a plus rien à se dire, si tu n'as pas d'argent ?

– J'ai une bague qui vaut cher, dit Gad, comme s'il venait de s'en souvenir. Si vous n'aviez pas connu l'oncle Arié, je ne vous l'aurais cédée à aucun prix. Je l'ai reçue en héritage.

Gad se dirigea vers la commode, en tira un vieux foulard paysan et en sortit la bague.

– De l'or ? demanda le paysan, soupçonneux.

– De l'or pur.

– Et combien en demande le monsieur ?

– Trente écus. Pas un sou de moins. Si vous n'aviez pas connu l'oncle Arié, je ne vous l'aurais pas cédée. C'est une bague qui vaut le double sur le marché. Regardez de près et admirez le travail. Une bague de noble.

– J'y renonce volontiers. J'ai besoin de liquide, moi.

– C'est tout ce que j'ai à vous proposer. Il ne m'est pas facile de me défaire d'une bague reçue en héritage.

– Et combien de bouteilles dois-je laisser ici ?

– Vingt-cinq, pas une de moins.

Le vieux eut un petit sourire :

– La boisson est interdite aux Juifs, n'est-ce pas ?

– À une altitude comme ici elle est permise.

La bague plaisait au vieux mais il ne le montra pas. Il évoqua le prix élevé, et la difficulté qu'il aurait à la vendre. Finalement, après d'âpres négociations, ils se mirent d'accord sur vingt bouteilles de Slivovitz et un petit sac de farine de maïs.

Ils conclurent l'affaire par une poignée de main et le paysan parla de nouveau de l'oncle Arié, non sans une certaine admiration, en soulignant qu'il avait été un homme droit et fort. Les paysans n'osaient pas s'en prendre à lui et celui qui s'y risquait était aussitôt châtié. Gad écoutait ce que disait le paysan en se sentant jugé.

Gad savait qu'il avait commis un acte répréhensible, et que pour cette raison, le jour venu, on piétinerait son corps. Cependant, ses yeux se réjouirent à la vue des bouteilles bleues posées sur la table.

– Amalia, dit-il, le paysan est parti, j'ai une bonne nouvelle.

Amalia remonta de la cave et à la vue des bouteilles son visage s'éclaira. Elle dit :

– C'est un miracle céleste. Qui les a apportées ?

– Le paysan.

– Un ange de Dieu.

– Il est interdit de parler ainsi.

– Alors comment doit-on dire ?

– Il ne faut rien dire.

– Il ne nous en restait plus une goutte. Qu'aurions-nous fait ?

– Nous serions passés outre.

– Je serais devenue folle. Sans la boisson, la vie n'a pas de sens.

– Il est interdit de parler ainsi.

– Alors comment doit-on dire ?

– Il ne faut rien dire, répéta-t-il, comme s'il évoquait une règle applicable en tout lieu, en toute heure.

16

Et les tempêtes s'abattirent sur la maison sans répit. Gad se sentait coupé de ses parents, de sa ville natale et de la maison dans laquelle il était né. Il y a un an encore, son père et sa mère lui apparaissaient en rêve. Mais peu à peu ils s'étaient détachés de lui. À présent la rupture lui faisait l'effet d'une blessure mal cicatrisée.

– Tu rêves encore de notre maison dans la plaine ? demanda-t-il.

– Plus maintenant.

– Moi, je les ai tous oubliés.

– C'est très bien.

– Pourquoi dis-tu cela ?

– Plus personne ne nous embêtera.

Il est interdit de parler ainsi, voulut-il dire. Mais il se tut. Amalia devina ses réserves :

– Maintenant je n'ai plus peur d'eux. Maintenant je me sens très proche de toi. La proximité avec toi me rapproche de Dieu. Nous devons être tous les deux ensemble pour arriver à Lui et nous approcher de Ses qualités. Apparemment, c'est par erreur que nous avons été séparés.

Ses paroles étaient claires alors même qu'elles semblaient

surgir des recoins secrets de son âme. Gad l'écoutait en s'étonnant de sa capacité à s'épancher. Lorsqu'elle parlait d'elle-même, il pressentait qu'elle effleurait ses propres mystères. Amalia avait de nombreux visages en ce temps-là. Parfois il était enveloppé de lumière, comme dans son enfance lorsqu'elle était accoudée à l'embrasure de la fenêtre ou assise, l'après-midi du shabbat, sous la tonnelle abandonnée, le visage lisse et pur. Déjà alors il craignait que ce merveilleux visage ne s'abîme et finisse par ressembler, au fil des ans, aux visages des femmes du marché. Un instant, il se réjouit que sa peur soit restée infondée.

Mais durant les nuits sombres d'ivresse et de vertige, il voyait à son visage frais une peau différente, une peau qui faisait ressortir ses mâchoires. Et qu'elles soient saillantes lui semblait être le signe d'un courroux pour toutes les injustices que lui avaient infligées sa mère, son père et lui-même.

– Pourquoi es-tu en colère ? finissait-il par demander.

– Moi ? Je ne suis pas en colère, disait-elle en levant les yeux.

Quand elle levait les yeux, elle dévoilait quelque chose de son être profond : ce n'était plus l'Amalia de la veille. Ce qui était chez elle caché et branlant s'était raffermi et la foi brûlait dans son regard. Elle parlait de Dieu en des termes qui n'étaient pas d'usage, ou interdits. Elle répétait que Dieu la comprenait très bien et promettait à Gad que bientôt, lui aussi, comprendrait que Dieu ne nous est pas extérieur mais qu'il réside en nous. Si nous sentons cela, aucune peur ne peut nous dominer. La séparation d'avec Dieu est la cause de l'obscurité et de l'aveuglement. S'il sentait ce qu'Amalia ressentait, il la comprendrait mieux. Mais Gad devinait que ce qu'il avait infligé à Amalia ne serait jamais pardonné, ne pouvait être pardonné. Elle-même ignorait vers quelle obscurité il l'avait entraînée.

– Pardon, lui répondait-il tout en ayant l'impression que sa repentance était feinte.

– Pourquoi demandes-tu pardon ? Nous sommes engagés sur une longue route, pour des années. Sur chaque longue route il y a des forêts, des bêtes dangereuses, des gens mauvais, mais tant que nous sommes ensemble, aucun obstacle ne pourra nous arrêter. Dieu aime les gens audacieux.

C'était une autre Amalia. Les mots et les expressions qu'elle utilisait étaient brûlants. À ses côtés, Gad semblait petit, maladroit, un descendant rabougri des martyrs.

Après minuit, ses tourments le laissaient tranquille. Il était soûl et n'avait avec Amalia aucune limite. Elle se serrait contre lui et murmurait :

– C'est le jardin d'Éden, je n'en veux pas d'autre.

Gad savait au fond de lui-même qu'il était interdit de parler ainsi mais il ne pouvait la contredire. Elle était belle. Toute sa beauté était à présent révélée. Lui aussi, apparemment, avait changé. Amalia répétait : « Désormais j'aime chaque partie en toi. Je ne renoncerai à aucune d'elles. S'il fallait travailler sept ans pour toi, je le ferais. Je sais. Sofia t'attend en bas. Qu'elle attende, qu'elle en explose. À partir de maintenant tu es à moi, rien qu'à moi. Je ne lui permettrai pas de te toucher. »

Il était attiré par elle depuis l'enfance. Il est vrai qu'il avait souvent trouvé refuge auprès de femmes ruthènes. En secret il espérait que ces dernières, bien en chair et généreuses, arracheraient de son cœur ce désir pour sa sœur, et elles faisaient en effet ce que font les femmes. Si j'étais un frère honnête et fidèle, se disait-il, je la ramènerais dans la plaine, lui louerais une maison et je veillerais sur elle jusqu'à ce qu'elle se trouve un honnête mari. C'était ainsi que l'oncle Arié avait procédé avec sa jeune sœur, se répétait-il.

– Tu ne voudrais pas retourner dans la plaine ? demandait-il avec perfidie.

– Je ne veux aller nulle part. Je suis engagée avec toi sur cette route. C'est notre route, rien que la nôtre, et j'espère que personne ne la découvrira, à part Dieu.

– Tu n'as pas peur ?

– De quoi ?

L'expression « de quoi ? », qu'Amalia employait souvent ces derniers temps, se plantait dans sa poitrine comme un couteau. Plus que tout, cela lui prouvait combien il était plongé dans un égoïsme stérile.

Lorsque l'obscurité s'épaississait, Amalia vidait quelques verres, ôtait ses vêtements et s'étendait sur lui sans aucune honte. Longtemps elle avait espéré cet hiver qui les enfermerait tous deux dans une gangue sombre. Après une heure d'ébats elle s'agenouillait et embrassait la paume des mains de son frère.

Ce plaisir noircissait de plus en plus son humeur. Que se passerait-il en été, lorsque les pèlerins viendraient ? Ils devineraient certainement ce qu'il avait fait. Au début elle ne réagissait pas à ces craintes mais lorsqu'il les réitéra, elle rassembla son courage et dit :

– Personne ne pourra nous prendre l'amour de Dieu.

– J'ai peur, pourtant.

– De qui ?

– Cela n'a pas d'importance.

– On ne laissera pas les gens nous juger. Il y a quelqu'un là-haut.

– Je sais, mais ils répandront la rumeur.

– Je ne redoute pas les mauvaises langues. Ce sont de misérables nuisibles. Nous sommes en union avec Dieu.

Ses yeux grands ouverts, brillants, exprimaient l'acuité d'un animal qui ne connaît pas la peur. À présent elle se répandait en paroles avec l'enthousiasme déchaîné qui suit la libération des souvenirs pesants, des pensées sombres, et de la peur des hommes. Il fallait vivre sans crainte près de Dieu. « Le sein de Dieu est le bon endroit, celui où nous trouverons tous le repos. » Il était difficile de savoir d'où elle tenait cette foi. Sa voix n'était ni forcée ni lisse. Gad s'effrayait de l'abondance et de la force de ses mots et ne posait pas de questions, mais lorsqu'elle ajoutait, en le poussant dans ses retranchements : « Pourquoi as-tu peur ? Qu'importe ce que diront les gens ? », il ne pouvait pas ne pas répondre : « Tu as raison, ma chérie, je dois être fort et ignorer ce que peuvent penser les autres. »

17

On s'enfonçait dans l'hiver et chaque fois que Gad s'armait de courage, s'enveloppait dans le manteau de l'oncle Arié et exprimait le désir d'aller au cimetière, une tempête se déchaînait et bloquait sa route. Sa volonté d'arriver jusqu'aux tombes et de s'y étendre était puissante. Plus que jamais, il était sûr que son salut viendrait d'elles seules. Il restait des heures debout à la fenêtre, guettant une accalmie.

Le cimetière revêtait à présent une apparence nouvelle. Étrangement, il lui semblait élargi, comme s'il s'était étiré jusqu'aux confins du vieux cimetière chrétien abandonné. Il sentait qu'une partie de son être, la partie fidèle et dévouée au judaïsme, s'était enfuie là-bas et l'y attendait. S'il parvenait à la rejoindre, il serait relié non seulement à lui-même mais à l'ensemble d'Israël, dont il s'était coupé.

Amalia ne s'éloignait plus du poêle. Sur son visage se lisait de plus en plus l'étonnement qu'elle avait acquis dans la plaine, un étonnement silencieux, large et plein. Elle ne parlait plus et se perdait dans la contemplation, comme si elle désirait s'imprégner de tout ce qui lui était arrivé. Gad craignait de lever la tête et de la regarder. Ses yeux étaient grands ouverts et ne perdaient rien de ce qui se tramait devant elle.

– Amalia, ne put-il se retenir.

– Quoi ?

– À quoi penses-tu ?

– Je ne pense pas, dit-elle avec une simplicité désarmante.

Gad ne posa pas d'autre question. Plus tard, il dit :

– Je dois aller au cimetière.

– Pourquoi ?

– Je veux prier.

Amalia tourna la tête vers lui et dit :

– Tout est couvert de neige.

Ce faisant, les bourrasques cessèrent et des bandes bleues et fraîches apparurent dans le ciel.

– Je sors, dit Gad à la hâte.

– C'est encore dangereux, mon chéri, voulut l'en empêcher Amalia.

Mais il n'y prêta pas attention. Dans un mouvement brusque, une bêche à la main, il sortit. Il avançait doucement, et plus il avançait, plus ses craintes s'estompaient. Une volonté déterminée, de celles qu'il avait connues dans son adolescence, guidait ses pas dans la neige profonde.

Le cimetière était enseveli sous la neige. Il avait peine à le reconnaître. Il voulut déblayer la neige et il ôta, à cet effet, quelques pelletées, mais l'inutilité de cet acte lui apparut très vite. Il oublia un instant le but de sa visite et fut saisi par la vision des talus blancs qui s'étendaient, silencieux et brillants. Quelques traîneaux glissaient au pied des montagnes, dévorant les distances en un clin d'œil, comme s'ils aspiraient à planer. Et Gad vit soudain son père, voûté dans l'échoppe éclairée par la lumière émanant de la neige, le visage empreint d'une tristesse inconsolable.

– Père, appela-t-il.

Il avait à peine prononcé ce mot qu'Adiel l'Ancien se révéla à lui, le même qui s'était tenu en ce lieu et y avait fait un sermon pour l'assemblée réunie. Comme il était d'usage ici, il n'avait pas parlé des saints mais des vivants, de ceux qui éprouvaient une peur sans fondement, de ceux que torturaient de vaines inquiétudes, qui ne voyaient pas l'essentiel, ni le but. Deux hommes le tenaient par les bras mais il ne s'appuyait pas sur eux. Sa voix était claire et forte. Et un instant, il avait semblé sur le point d'accabler la poignée de fidèles de lourds reproches. C'était une erreur. Il avait parlé du Dieu d'Abraham, Isaac et Jacob, de son omniprésence, et cité les Psaumes : « Si je monte aux cieux, Tu es là, et si je me couche au Sheol, T'y voici ! » Il réside partout, y compris dans le Sheol inférieur. Sous une forme très réduite, il est vrai, mais présent, et non caché. Et c'est pour cela qu'aucun homme ne doit désespérer mais au contraire prendre le dessus comme un lion pour s'extraire de la fange, et ce faisant entraîner avec lui ses frères plongés dans la boue, si ce n'est plus profondément encore.

En été, les paroles du vieux avaient eu une résonance lointaine et opaque, à l'instar du traité *Zeraïm* ou d'autres traités talmudiques aux sujets abscons et complexes. À présent les propos s'étaient éclaircis et Gad en comprenait une partie.

Maintenant, il savait qu'Amalia aussi avait écouté Adiel l'Ancien, mais elle avait absorbé les propos en occultant la voix de l'orateur. Contrairement à son frère, elle captait les choses directement. Les détours lui étaient étrangers. Elle assimilait sans difficulté les propos dont la source lui était familière.

Cet été-là avait été rude. Il avait très peu plu, l'air était sec et étouffant. Des processions de paysans portant des étendards ornés de la croix et priant à grands cris pour que cesse la sécheresse serpentaient dans la vallée. Parfois ils semblaient sur le point de grimper sur les sommets pour accabler de leur courroux la poignée de Juifs venus se recueillir et implorer miséricorde. Le vieil homme avait aussi parlé de la peur. « Nous ne devons redouter que Celui qui trône dans les hauteurs célestes. La peur de la mort nous rend vulnérables. Il faut accepter la mort en silence, et sans ébranler des mondes. »

Ce lointain souvenir laissait Gad perplexe. Il y avait dans l'apparence du vieil homme quelque chose d'un enfant. Une pensée lui traversa l'esprit : seuls les vieux et les enfants préservent leur candeur. Et Gad était persuadé qu'il faisait bien de se rapprocher ainsi, par la mémoire, du vieil homme, d'un homme de Dieu. Cette osmose l'aiderait peut-être à faire jaillir de lui les mots de la prière.

Entre-temps, le ciel s'était obscurci et une neige lourde, mêlée aux vents, s'abattit sur la montagne. Gad se courba, mais cela ne l'aida pas. La tempête le renversa et il fut plaqué au sol. Lorsqu'il reprit ses esprits, il se mit à ramper, à la recherche d'un abri. Il rampa un long moment jusqu'à atteindre l'acacia. C'était un grand arbre déployé, au pied duquel les pèlerins s'asseyaient en été. À présent, il ressemblait à un rameau sans racines. Malgré cela, Gad s'y agrippa, comme à un bâton de secours.

Il lui fallut deux heures pour regagner le seuil de la maison. Amalia l'accueillit à bras ouverts et demanda :

– Que s'est-il passé, mon chéri ?

– J'ai voulu prier, mais j'ai échoué, lui confia-t-il aussitôt.

– Tu prieras en temps voulu. L'intention, parfois, vaut autant que l'acte en lui-même.

– L'acte est préférable à l'intention, répondit-il fermement.

– Je me suis beaucoup inquiétée pour toi, mon chéri.

Amalia avait bu mais son visage était frais, comme si elle était parvenue à se défaire des années, à ne laisser apparaître que la petite fille qui était en elle. Et Gad, qui souhaitait lui raconter toutes les horribles choses qui s'étaient produites en chemin, resta muet, sans pouvoir émettre un son.

Finalement il dit :

– Donne-moi un verre.

Amalia le lui versa en silence. Gad l'avala d'un trait et demanda :

– Personne ne nous a cherchés ?

– Non, mon chéri.

– Je ne sais pas pourquoi, il m'a semblé qu'un homme traînait sur la montagne et nous cherchait.

– Tu t'es fait des idées.

Les mots qu'Amalia avait prononcés distraitement, dans le seul but de le rassurer, lui rappelèrent ce qu'il avait eu l'intention de faire au cimetière. Son être dévoué au judaïsme était resté là-bas, sous les talus de neige. Cette constatation rampa douloureusement dans ses membres, mais ne parvint pas jusqu'à ses jambes. Elles étaient gelées.

Amalia ouvrit de grands yeux :

– Que t'est-il arrivé ?

– La tempête s'est abattue sur moi, avoua-t-il.

– Il ne faut pas sortir par ce temps.

– Que faire ? Il y a des choses qu'on ne peut pas remettre au lendemain.

Et Amalia, qui comprenait son âme, se dirigea vers le fourneau, lui servit une soupe chaude, une galette au fromage et des cornichons. Gad se mit à table et dévora sans un mot tout ce que sa sœur lui avait servi.

Lorsqu'il eut achevé son repas, Amalia s'agenouilla, lui ôta ses lourdes chaussures et commença à frotter ses orteils gelés.

Cette nuit-là, la dernière barrière qui se dressait encore entre eux tomba. Pour Amalia, les vexations et les douleurs accumulées n'avaient pas disparu, mais elles étaient désormais dénuées de force et d'amertume. Son visage, cette nuit-là, était doux et apaisé, et elle répéta qu'elle pardonnait à tous, qu'il n'y avait pas de rancune dans son cœur. Dommage qu'elle ne puisse descendre dans la plaine le leur annoncer. Aux vivants, et à ceux partis pour un autre monde.

Gad en fut ému. Il embrassa la paume de ses mains et dit :

– Amalia, ma chérie, nul n'exige de toi l'inhumain. On doit pardonner, mais on ne doit pas tout pardonner. On n'exige pas de l'homme qu'il soit un ange.

Amalia inclina la tête :

– J'ai fait la paix avec tout le monde. Même avec les femmes des Gentils qui ont œuvré contre moi. À présent, je suis en paix avec moi aussi.

Les larmes montèrent aux yeux de Gad, mais il se couvrit aussitôt le visage des mains pour les arrêter.

18

Les nuits regorgeaient désormais de Slivovitz et de mots. Leur bonheur était complet mais c'était le calme avant l'explosion. Amalia le savait et elle implorait : « Ne me quitte pas, je t'aime depuis l'enfance. Tu étais mon frère et mon bien-aimé. Chaque fois que tu t'en allais chez les femmes des Gentils, mon cœur saignait. »

Gad répétait que son amour serait entier et sans écart. Ils s'accouplaient et se mordillaient comme des chiots. Gad essayait en vain d'apaiser son humeur. Elle revenait à la charge :

– Tu es courageux, tu m'as sauvée de la prison fortifiée et tu es digne de tous les amours.

– Toi aussi tu as été courageuse. Sans toi, nous ne serions probablement plus ensemble.

– Mais tu as enfoncé des portes, tu as gagné face aux méchants gardiens et tu m'as sortie de la geôle. J'étais déjà perdue.

– Sans toi, je n'aurais pas fait ce que j'ai fait.

Amalia éclatait de rire chaque fois qu'il évoquait le propriétaire du magasin qui avait souhaité l'épouser, il y avait des années de cela. « Même caresser un chat, il ne savait pas ! »

Lorsqu'elle voyait le doute fondre sur lui, elle disait :

– Ne m'abandonne pas, ne m'envoie pas en bas. Je ne peux plus y vivre. Celui qui a séjourné six ans au sommet de la montagne est un autre homme, un homme libre.

– Et si on te proposait de partir en voyage ? dit-il étrangement.

– Je renonce aux plaisirs d'en bas. La vie m'y semble méprisable et petite. En bas un homme s'en prend à un autre uniquement parce qu'il pense qu'il possède un peu plus que lui. Je déteste la petitesse. Le sommet de la montagne t'apprend à aimer la liberté et la splendeur et à ne pas écouter les commérages. La médisance est mère de tous les péchés.

C'était ainsi, nuit après nuit. Ils dormaient jusque tard, et lorsqu'ils émergeaient de leur sommeil, Gad allait traire la vache. Il était tracassé à l'idée qu'il la délaissait. Un soir, Amalia lui dit :

– Je voudrais te dire quelque chose.

– Quoi ?

– Je crois que je suis enceinte.

– D'où sors-tu cela ? s'effraya-t-il sans le lui montrer.

– Je n'ai pas mes règles.

Gad repoussa la supposition :

– Ça n'a pas de sens.

– Il est possible que je me trompe, modéra-t-elle.

– Un frère et une sœur ne peuvent pas avoir d'enfants.

– Tu as raison.

La nuit, ils ne parlèrent pas de cela. Ils vidèrent plusieurs verres, chantèrent des chansons ruthènes, se moquèrent du jeune garçon qui avait demandé la main d'Ámalia et maudirent tous ceux qui leur avaient fait du mal. Amalia imita leur cousin qui avait abandonné le nom de Mordekhaï pour celui de Gargour, persuadé que cela lui ouvrirait les portes de grandes entreprises.

À la fin, après tant et tant de paroles et d'alcool, ils s'endormirent.

Cette nuit-là, il fit un long rêve truffé de détails. Il rêva qu'un homme s'était assis avec Amalia sur le muret. Il avait l'air plus jeune, portait un chapeau de paille à large bord, et un pantalon de cavalier. Il ne ressemblait pas à un pèlerin venu demander miséricorde mais à un soldat tout juste libéré. Un homme fort, beau. Gad s'approchait de lui et demandait :

– Que fais-tu ici ?

– Je suis venu chercher une femme agréable.

– Ce n'est pas le lieu, disait Gad avec assurance.

– C'est pourtant ici que j'ai trouvé l'objet de mes désirs, répondait-il effrontément.

Amalia ne se mêlait pas à la discussion. Son visage exprimait une sérénité agaçante, comme si elle disait : Attendons de voir ce qui va se passer. J'aime qu'on se batte pour moi.

– Je te demande de partir, disait Gad d'une voix sourde.

– Qui es-tu ? demandait l'autre en relevant la tête.

– Le maître des lieux. Cette terre m'appartient et je ne permettrai à personne de venir la profaner.

– Les lieux saints appartiennent à l'ensemble de la communauté.

– Tu te trompes, disait Gad en sentant toutes ses forces affluer dans ses poings.

– Ne me menace pas, prévenait l'étranger, le regard conquérant.

– Je n'ai pas peur, disait Gad, en voulant le frapper.

Mais ses mains, qui étaient vigoureuses et prêtes pour la bagarre, restaient attachées. L'autre profitait de cet instant de faiblesse pour en venir aux coups. Gad glissait, tombait du haut rocher, et il se réveilla, tremblant de la tête aux pieds.

19

De nombreuses pensées se bousculaient dans sa tête, mais l'une d'elles prenait de plus en plus corps : dès la fonte des neiges, il mettrait les bijoux que leur avait laissés l'oncle Arié ainsi que les deux montres en argent dans la cassette, confierait le tout à Amalia, louerait une carriole et la renverrait vers sa ville natale.

Dans son cœur il savait que cette décision n'était pas pure, et que des motivations personnelles l'avaient fait naître, mais il ignorait comment s'en défaire. Si la tempête avait pu cesser, il serait allé demander conseil aux martyrs. Eux, pouvait-on supposer, auraient mis de l'ordre dans son esprit.

Enfin, le temps se calma. Un gel silencieux, bleu, entoura la maison et la cour. Amalia fit entrer Mauzi et Limzi et Gad ne fit pas de remarques. Il passait la majeure partie de la journée à couper du bois dans la cave, et lorsqu'il remontait son visage était sombre, comme celui d'un homme étreint par de lourdes angoisses.

Amalia sentait que des conspirations bruissaient dans le cerveau de son frère, et elle travaillait du matin au soir. Elle faisait tout ce qu'elle rechignait à faire auparavant. Elle préparait des fromages, du beurre, cuisinait, lessivait, et à midi le repas était servi sur la table. Parfois Gad émergeait de l'obscurité dans laquelle il était plongé et demandait :

– Quelqu'un est venu ?

– Non.

– Il m'a semblé que quelqu'un errait par ici.

À présent c'était elle qui était active, tournée vers l'extérieur, qui s'occupait des chiens et se levait tôt pour traire la vache. Gad demeurait des heures à la fenêtre, le regard dans le vague, à marmonner. Une fois, il dit distraitement à Amalia :

– Je regrette d'avoir vendu la bague au paysan. Qui sait ce que j'ai provoqué ?

– Nous n'avions rien à boire, dit-elle pour le consoler.

– Il est interdit de boire ! s'emporta-t-il.

Son visage s'assombrit. Amalia ne réagissait pas à ses accès de furie. Elle lui servait un verre, comme on donne un médicament à un malade. Il y avait en elle une certaine énergie, comme durant les mois où leur père avait été alité et qu'elle avait essayé de le sauver avec des boissons chaudes, des bouillies fines, et un dévouement sans faille, mais rien n'y avait fait, il avait été emporté brutalement.

Elle se démenait, et cela ne le laissait pas indifférent. Plus d'une fois il lui fit remarquer qu'elle travaillait trop, mais en fin de compte il continuait de penser, comme avant, qu'elle devait rentrer à la maison ; qu'il ne fallait pas rester si longtemps dehors ; qu'ici tout était dangereux ; qu'il n'y avait qu'à la maison, dans la proximité des Juifs, qu'on était en sécurité.

Ce n'était plus lui. Du frère grand et robuste qui en homme intrépide sortait la nuit avec Mauzi et Limzi marcher dans la montagne, de ce frère droit et sensible, il ne restait rien. Il était prisonnier d'un égarement halluciné qui le faisait chanceler.

Et pourtant, elle demanda :

– Que ferai-je en bas ?

– Nous avons des cousins.

– Je me suis habituée à la montagne.

– Il t'est interdit d'être ici. Tu sais très bien ce qui se passe lorsqu'on séjourne trop longtemps loin des hommes.

Il répétait ces paroles comme si elles n'étaient pas les siennes, comme si quelqu'un se tenait dans son dos et les lui murmurait à l'oreille. Ce ressassement était aussi douloureux à Amalia que les paroles elles-mêmes.

– Et toi ? osa-t-elle lui demander un jour.

– Je resterai ici. Le démon ne m'emportera pas.

– Seul ?

– Il ne m'arrivera rien.

Une fois, elle tenta une diversion :

– Mais nous avons vendu la maison en bas.

– Je te donnerai tout l'héritage. Tu pourras t'acheter une maison. Tu pourras vivre dignement.

– Je n'ai pas besoin d'une maison.

– Que veux-tu que je fasse ?

Cette dernière phrase trahissait toute sa faiblesse, comme s'il avouait : « Je ne vis plus selon ma volonté et selon mes choix. La crainte de ce que vont dire les gens me retient prisonnier. »

Il y avait à présent des nuits longues, froides et silencieuses, des nuits où ils ne parlaient presque pas. Amalia lui servait l'assiette de soupe et le pain sans poser de questions. Elle prenait ses repas près du fourneau. Mauzi et Limzi n'aboyaient pas, comme s'ils avaient compris que leur présence dans la maison était une grâce qui leur était faite, mais que s'ils s'avisaient d'être bruyants, le maître les renverrait dehors.

Lorsqu'il sortit enfin la cassette de bijoux et la posa sur le banc, elle ne put s'empêcher de dire :

– Si telle est ta volonté, je vais partir.

– Si je le pouvais, je descendrais avec toi. J'ai fait le serment d'être le gardien de cette terre, dit-il tout en sachant qu'il mentait.

– Je sais, répondit-elle, en digérant l'humiliation.

– Un homme doit retourner chez lui, n'est-ce pas ?

C'était une sagesse feinte, de l'hypocrisie, et elle n'était pas dupe.

– Oui, se dépêcha-t-elle de répondre.

– Qu'y puis-je ?

Elle inclina la tête, comme si ce n'était pas son frère bien-aimé qui lui parlait, mais un paysan nu et violent. Elle remarqua que des traits épais étaient apparus sur son visage. Ils lui conféraient une expression désagréable. C'était avec un tel visage que revenaient les soldats après un long séjour dans les maisons d'arrêt militaires.

Dès lors, elle n'implora plus. Son visage se ferma et quelque chose de la fierté de sa mère malade se dessina au niveau de ses mâchoires. La neige tombait sans relâche et l'obscurité était totale, hermétique. Gad buvait beaucoup et l'épaisseur de ses traits s'accompagnait d'une rougeur répugnante. Chose étrange, ce n'était pas cette laideur qui faisait souffrir Amalia mais la façon qu'il avait de s'adresser à elle, le propos indirect, sournois, la sagesse feinte et l'hypocrisie. Toute sa conduite misérable disait non seulement qu'il avait peur de ce qu'allaient dire les gens, mais que toute sa bonté et sa loyauté s'étaient éteintes. Il s'excusait parfois et disait: « Ainsi va le monde. Nous ne sommes pas libres ici-bas. Cet été viendront des gens et ils découvriront tout, tout de suite. On ne peut cacher de pareilles choses. » Et il restait assis et palabrait. Chaque mot la blessait, mais elle ne lui en faisait pas la remarque. Une fois cependant elle ne put se contenir: « L'opinion des gens est apparemment importante à tes yeux. » Gad accusa le coup. Plus tard, sans crier gare, il ouvrit la porte et sortit les chiens à coups de pied.

Parfois, pour se réconcilier avec elle, il disait:

– Que proposes-tu?

– Rien.

– Mais tu es fâchée contre moi.

– Non, je ne suis pas fâchée.

Elle se levait alors qu'il faisait encore nuit et se mettait aussitôt au travail. Dans son cœur elle regrettait son grand frère, le frère qu'elle aimait depuis l'enfance, qui avait peur à présent du jugement des autres. Elle voulait hurler: « Il ne faut pas avoir peur des autres, même si un homme pèche gravement, il ne doit pas avoir peur des gens. Nous ne sommes dévoués qu'à Dieu. C'est Lui le Père et le Juge. Les hommes, eux, sont mauvais et hypocrites. Il n'y a aucune pureté en eux. »

Elle restait des heures assise à le contempler. Il lui était pénible que son frère bien-aimé tente de se détourner de ce qu'ils avaient vécu ensemble. La crainte épaississait son visage et le rendait misérable. Secoue-toi, mon chéri, relève-toi. Ce n'est pas bien pour un homme qui a vécu sur la montagne de vivre à terre. Quant à moi, on peut me lapider. Dieu sait que je n'ai jamais eu l'intention de faire de mal à quiconque.

20

Tandis que la maison était toujours plongée dans le noir, que Gad sciait du bois sans relâche et qu'Amalia triait des pommes de terre dans la cave, tandis que tout semblait se préparer à une sidération absolue, un vent du sud se leva, chassant les nuages et dévoilant d'un coup un grand soleil, un soleil rond, et l'espace alentour, qui avait de longs mois baigné dans l'obscurité et le rétrécissement, se remplit de lumière.

Gad ouvrit la porte et recula aussitôt mais Amalia tendit la main et s'exclama d'une voix un peu trop haut perchée :

– Le soleil, le soleil dans le ciel !

– C'est une joie prématurée, dit Gad d'une voix sourde.

Posté à la fenêtre, il semblait dire : « Il ne faut pas se réjouir, il ne faut pas avoir confiance, il faut craindre ce jour et le jour d'après. Qui sait ce qui nous attend. » Et même ensuite, lorsqu'il sortit, un seau à la main, il ressemblait à un miséreux errant aux portes des villes, voûté et malheureux. De sa stature élancée ne subsistait aucune trace.

Le froid était encore rude, mais c'était un froid différent, un froid solaire, qui rappelait la jeunesse et le désir de vivre. Amalia alla nourrir les chiens. Ceux-ci, qui avaient désormais une épaisse fourrure, étaient heureux et ils exprimèrent leur joie en bondissant. Amalia les détacha de leurs chaînes :

– Allez, allez vers la liberté.

Au même instant, Gad, dans un mouvement fuyant, se dirigea vers la remise. Très vite on entendit le bruit étouffé et régulier de la scie sur le bois. Elle voulut le rejoindre, le supplier, lui dire : « Je ne peux plus supporter le bruit de la scie, ma tête explose. Le soleil est revenu vers nous et on n'a plus besoin de bois pour se chauffer. »

Plus tard elle descendit et vit son frère au travail. Il avait l'apparence d'un forçat auquel on aurait imposé une tâche au-delà de ses capacités, et qui se démenait pour y parvenir. Son visage gris et inexpressif disait : Tout ce que je possédais m'a abandonné. À présent je ne suis plus que des bras qui continuent de scier, et ils scieront jusqu'au soir, si on ne les dérange pas. Amalia le contempla un long moment et lorsqu'elle quitta l'endroit pour se diriger vers la cour, il lui sembla que les sens de son frère, jadis en éveil, s'étaient émoussés, et que même si elle se tenait à un mètre de lui, il ne sentirait pas sa présence, tout absorbé qu'il était par ce qu'il faisait depuis le début de l'automne : scier, encore et encore.

La nuit il but sans s'arrêter, comme s'il souhaitait mettre un terme à sa vie au grand jour et s'envelopper dans les vapeurs de l'alcool. Son ébriété lui fit cependant quitter un peu son humeur sombre, sans parvenir à le rendre joyeux. Il parla du besoin qu'il y avait de se purifier, jeûner un jour par semaine et faire l'aumône pour rendre justice aux pauvres. Il n'y avait rien de nouveau dans ces exigences, proférées tout au long de l'été par les Anciens, mais il semblait à Amalia, curieusement, qu'il s'imposait ces exigences afin de l'éloigner de lui.

Le lendemain le ciel était clair et immaculé, et Gad, aussitôt après avoir trait la vache, partit pour le cimetière. Il marchait à pas lents, tel un homme qui n'attend plus aucun salut en un autre lieu. Amalia se souvint qu'il y avait quelques années encore, son frère débordait de foi, de candeur et de volonté, respectait les temps de prière, lisait la péricope de la semaine le samedi après-midi. Ce n'était qu'à partir de leur deuxième année ici que l'impassibilité l'avait habité, qu'il avait grossi, et que sa démarche s'était faite prudente et lourde.

Au début le changement avait été insignifiant, mais au fil des jours il s'avéra que l'endroit l'avait pétri entre ses puissantes mains et lui avait modelé le visage d'un paysan ruthène. Naguère il se fâchait contre Amalia, qui ne respectait pas l'heure d'allumage des bougies du shabbat, mais il avait très vite renoncé. Les jours se mélangèrent les uns aux autres, et le temps coula comme une cascade se déverse dans le ravin.

Le soir, Gad rentra à la maison, la mine abattue et sombre. Une brume entourait son visage. Il s'assit à table sans souffler mot.

– Comment ça va, là-haut ? demanda Amalia d'une voix mesurée.

– La glace fond encore.

– J'ai l'intention de nettoyer la synagogue.

– Il est encore tôt.

– Je veux tout nettoyer avant de partir.

– Où ?

– À la maison.

Il savait que c'était une façon de l'éprouver et il dit :

– Je ne t'enverrai pas en bas, sauf si telle est ta volonté.

– Je vais tout ranger et descendre, répondit-elle.

Une brèche s'ouvrit dans le cœur de Gad et il parla de ce lieu froid et maudit qui dévorait l'homme jusqu'à la moelle. S'ils étaient restés en bas, ils auraient aujourd'hui un magasin et une clientèle fidèle. Amalia ne réagit pas à ses paroles. Elle se dirigea vers le feu et lui prépara son dîner avec des gestes vifs. Il ne tarda pas à plonger son nez dans l'assiette de soupe, comme s'il n'y avait rien d'autre au monde que ce liquide.

Lorsqu'il eut terminé, il se souvint que la veille il avait rêvé de la maison, de leur mère et du magasin. Leur mère se tenait près de la balance et pesait de la farine. Soudain elle levait les yeux et disait :

– Qu'as-tu fait à Amalia ?

Son regard était mauvais et cruel, comme au temps où elle frappait Amalia.

– À présent, elle n'a plus de salut en ce monde.

– Je ne suis pas le seul responsable, esquivait-il.

– Si, c'est toi, et personne d'autre, disait-elle, en le fusillant du regard.

Elle retournait aussitôt à sa balance et ses clients. Gad voulait implorer, mais sa bouche était comme obstruée par du liquide. Lorsqu'il se réveilla, le rêve s'évanouit. Toute la journée, un sentiment lourd pesa sur son cœur, et ce n'était que maintenant que ce rêve sombre ressurgissait et le submergeait de nouveau.

– Peu importe ce qu'en diront les gens, ce n'est pas le sujet.

Il était manifeste que cette réflexion lui avait trotté en tête de longues heures. Amalia laissa échapper une phrase qui allait droit au fait :

– Je sens que je dois descendre.

Les mots « je sens » le firent trembler et il dit :

– Si telle est ta volonté, je ne te retiendrai pas.

– Mais d'abord je veux nettoyer la synagogue.

– Ça ne sert à rien. Tous les lieux saints sont à l'abandon.

– Ce n'est pas bien.

– De toute façon, personne ne fait de dons. C'est tout ce qu'ils méritent.

Gad venait de se souvenir de cette remarque qu'il avait voulu prononcer en son temps, sans y parvenir.

– Je dois le faire.

– Fais comme tu veux, ça m'est égal, dit-il en esquissant un mouvement de côté.

Il sembla à Amalia qu'il s'apprêtait à se rendre à la cave, à sa tâche quotidienne, la scie et les bûches.

Cette nuit-là, Amalia engloutit plusieurs verres, répéta qu'elle pardonnait à tout le monde et qu'il était important pour elle de nettoyer la synagogue avant de quitter la montagne. Ses propos ébranlèrent Gad, qui répéta que de son côté il n'exigeait pas d'elle qu'elle descende.

– Je t'aime comme je t'ai toujours aimée, et si j'ai eu des moments de faiblesse et de lâcheté, tu dois me pardonner. La peur des commérages m'avait muselé. C'est une peur laide et repoussante. Si seulement j'avais pu l'éviter… Mais je vais tenter de sortir de cette grotte sombre.

– J'en suis certaine, répondit Amalia, avec générosité.

Alors Gad courba la tête, comme s'il avait été touché par une flèche, et avec ce qui lui restait de mots dans la bouche il dit :

– Ma chérie, j'ai honte de l'avouer, mais je suis tombé bien bas, ces derniers jours.

21

Amalia travaillait du matin au soir. Gad ne l'aidait pas dans les tâches pénibles. Il passait la majeure partie de ses journées au cimetière. La neige fondait, et il restait des heures à attendre de la terre une révélation. Le ruissellement léger et la chute sourde des blocs de glace provoquaient des visions de jours anciens. D'où exactement, il ne s'en souvenait plus. La séparation prolongée avec le cimetière l'avait brutalement coupé d'un passé pourtant proche. Enfin, le soleil descendit sur son axe et accomplit les prodiges simples. Il faisait fondre la neige couche après couche, et au bout de quelques jours à peine une butte apparut entièrement. Les talus s'étendaient, verts et doux, et des oies bleutées échappées des poulaillers volaient dans le ciel en poussant des cris d'oiseaux de proie. Au loin, le grand fleuve, le Prut, débordait de son lit, et le bruit de son débit puissant parvenait jusqu'ici.

Le soir il raconta à Amalia les merveilles qui avaient ponctué sa journée : comment les couches de neige avaient fondu l'une après l'autre, et comment les stèles saintes s'étaient dévoilées au regard. Amalia écoutait attentivement. Elle se réjouissait de constater que les sensations de Gad retrouvaient à s'exprimer, et qu'il en parlait avec ses mots à lui. Il parla longtemps, comme s'il ne s'agissait pas d'une fonte silencieuse, normale, mais de découvertes stupéfiantes. Elle avait l'intention de le prévenir que bientôt elle descendrait, mais elle n'osa pas ternir sa joie. Elle lui servit un repas chaud et s'assit près de lui.

Le lendemain aussi il revint heureux. Des mots enjoués lui revenaient et il les utilisait comme auparavant, sans difficulté. Amalia savait à présent que, contrairement à elle, il était relié aux tombes saintes, et que c'était d'elles qu'il tirait sa substance vitale. Il ne parlait plus de la pingrerie des gens, de leur aveuglement et de leur égoïsme, mais des visions claires qui nourrissaient l'âme. Ses yeux étincelaient comme après quelques verres, sauf que dorénavant son enthousiasme était intérieur.

L'enthousiasme de Gad et les mots élevés qu'il prononçait firent remonter la peur, comme d'un puits sombre : qu'allait-il advenir ?

De jour en jour il apparut à Amalia que ses craintes n'étaient pas infondées. Elle avait des vertiges, elle vomissait et sa grossesse serait sans nul doute bientôt visible. Plusieurs fois elle brûla de se confier à Gad, mais elle n'osa pas.

Gad était tout à sa petite joie et il ne remarqua pas que le monde d'Amalia s'effondrait. Le printemps s'annonçait. L'ardeur de Gad s'intensifiait au fil des visions qui se présentaient à lui. Son visage perdit sa couleur sombre, et des taches roses, juvéniles, recouvrirent son front.

Finalement, elle rassembla ses forces et dit :

– Il n'y a aucun doute, je suis enceinte.

– Tu en es sûre ?

– Je ne peux pas te mentir. Dieu sait ce qui va se passer, mais je ne voudrais pas d'un mensonge entre nous.

– Tout comme nous avons fait face aux tempêtes de neige, nous ferons face à cela également, dit Gad, et quelque chose de sa belle détermination revint sur son visage.

– J'en suis entièrement responsable.

– C'est faux, la coupa-t-il.

Ce soir-là, la gaieté qui brillait sur ses lèvres disparut, il resta assis près de la fenêtre, replié sur lui-même, comme vidé de toute volonté. Finalement il dit :

– Ce nettoyage, c'est au nom de quoi ? Cette expiation, c'est au nom de quoi ? Seules les chambres de purification des morts exhalent tout le temps une odeur de lessive.

Amalia ne réagit pas. Il lui semblait que la nouvelle de sa grossesse avait fait à Gad l'effet d'une gifle.

– Tu n'as pas à t'inquiéter, je prends sur moi toute la responsabilité, dit-elle pour l'aider.

– C'est faux, répéta-t-il. Nous avons tous deux notre part.

– Mais moi… comment dire… j'aurais dû être plus prudente.

– Je ne renoncerai pas à ce qui m'incombe.

Et il sembla un instant à Amalia que ces jours cléments n'étaient qu'une illusion, que bientôt reviendraient les lourds nuages d'hiver, le gel et les vents, et que Gad et elle se nicheraient entre les oreillers épais, comme aux jours aveugles et heureux.

– Le temps est instable. Ça ne m'étonnerait pas qu'il pleuve demain, dit-elle comme si elle pensait à autre chose.

Gad leva les yeux et son regard trouble confirma que lui aussi espérait qu'il en serait ainsi.

Cette nuit-là, Gad s'endormit tout habillé sur son châlit. Elle voulut d'abord le réveiller, mais lorsqu'elle le vit, replié et recroquevillé, elle considéra que mieux valait le laisser tranquille. Ses lourdes chaussures salies par la boue exprimaient ce que le visage ne pouvait dire : la crainte de l'avenir.

Dans la nuit, elle décida que, si les journées ensoleillées duraient, si les glaces fondaient, ce serait signe qu'elle devait quitter l'endroit, mais elle ne retournerait pas vers sa ville natale et ses cousins avares qui ne les avaient pas aidés, elle irait chez une vieille femme de Moldovicie. Les femmes vont accoucher en cachette chez les vieilles. On dépose ensuite les bébés sur les marches d'un couvent et les sœurs les recueillent, les élèvent, et s'ils sont pieux, elles les préparent à devenir moines.

Cette pensée, qui l'avait effleurée presque par hasard, la réjouit de façon étrange, comme si elle avait trouvé un passage dans un tunnel sombre. Mais dès qu'elle eut fermé les yeux et se fut endormie, elle rêva de grands champs déployés devant elle, des champs jaunes après la moisson, où elle était seule comme si elle avait été jetée d'une carriole remplie de gens, et il était clair que personne ne viendrait la rechercher dans cet endroit désert.

– Je vais bientôt prendre la route, il ne faut pas t'inquiéter, répétait-elle sur un ton dans lequel il n'y avait ni plainte ni culpabilité.

Gad n'acceptait pas sa décision. Il espérait que la neige, en disparaissant, découvrirait les stèles et que les martyrs lui indiqueraient quoi faire. Plus d'une fois elle l'avait entendu dire : « Les martyrs ne me le permettent pas » ou « Je dois demander conseil aux martyrs ». Amalia ne prenait pas ses propos au sérieux. À présent elle comprenait que sa relation avec les saints n'était pas une chose insignifiante, mais qu'il était relié à eux dans son cœur et son âme.

Un soir il revint du cimetière et dit :

– Tu ne dois pas retourner à la maison.

– Pourquoi ?

– Ensemble nous sommes montés, et ensemble nous descendrons.

Elle retrouvait là son frère Gad, celui qu'elle avait aimé. La faiblesse l'avait quitté, et il parlait comme un homme réconcilié avec lui-même, sans hésitation et sans s'apitoyer sur son sort.

22

Ce qui devait arriver arriva : le printemps apparut dans toute sa lumière. L'espoir enfoui de voir les nuages sombres du nord venir les enserrer et les dissimuler aux yeux de tous, cet espoir qu'il cultivait en secret s'enfuit en lui giflant le visage. Le ciel allait en s'élevant, en bleuissant, et Gad sut qu'on avait déjà fêté Pessah en bas, tandis que lui et Amalia étaient comme relégués sur les rives d'un continent étranger, un continent sur lequel tout était à découvert et où il n'y avait aucune cachette possible. Amalia se tenait sur le seuil de la synagogue, les manches relevées, le seau dans la main droite, tel un rôdeur surpris dans une maison qui n'est pas la sienne. Pourquoi ne te caches-tu pas ? Ne vois-tu pas que tout est danger ? voulut-il crier. Amalia ne bougeait pas. La lumière l'enveloppait et elle restait debout immobile.

– Amalia, appela-t-il.

– Quoi ?

– Que vas-tu faire ?

– Je vais nettoyer la synagogue.

– Ce n'est pas la peine.

Amalia écarquilla les yeux.

– Ce n'est pas la peine, répéta-t-il. Maintenant il faut réparer les dégâts causés par la neige.

Il parlait d'une voix forte, comme s'il s'adressait à une malentendante.

– Je vais bientôt partir. Je ne voudrais pas laisser des choses en plan, répondit-elle de la même voix que lui.

– Où vas-tu aller ?

– Tu le sais bien, murmura-t-elle.

Il se détourna.

– Pas maintenant.

Amalia voulut dire quelque chose mais son frère s'éloigna d'un pas rapide et brusque, et elle n'eut pas le temps de parler.

Il se rendit au cimetière. La fonte des neiges avait entraîné la terre vers les canaux d'évacuation, mais sans ébranler les stèles. Dans les canaux miroitaient des flaques d'eau, et Gad fut content de constater que les dégâts étaient mineurs, et que d'ici un ou deux jours l'eau commencerait à s'écouler et la terre à sécher.

À présent il savait combien l'hiver avait été long, et combien l'obscurité l'avait éloigné de son rôle. Le remords qui s'était infiltré en lui tel un venin, un remords dont il n'avait pas eu conscience auparavant, refit surface. Il lui semblait qu'un an auparavant, en cette même saison, il avait déjà sarclé le verger et avait préparé les plates-bandes de légumes, ainsi que les chemins menant au cimetière. À présent tout était sauvage. Amalia, voulut-il crier, nous avons été négligents. Nous devrons rendre des comptes pour cette négligence, il n'y a pas de faute sans châtiment. Les mots roulèrent un instant dans sa tête puis s'envolèrent.

L'année précédente, sur l'esplanade, un vieil homme au visage majestueux avait imploré la protection des saints. Une épidémie de typhus affligeait la région, faisant un grand nombre de victimes. Une journée entière l'homme était resté au même endroit, sans boire ni manger. « Je ne bougerai pas d'ici tant qu'ils ne mettront pas en œuvre leur grâce là-haut, la grâce des Pères. » C'est ce qu'il disait chaque fois qu'on s'approchait en lui demandant de s'asseoir, au moins. Après une journée passée debout, dans la position figée d'un soldat en service, il avait reculé de quelques pas, s'était incliné, était allé s'asseoir sur le banc.

On ne peut pas oublier de tels vieillards. Leur essence apparaît en rêve encore plus clairement. Cette fois, il le vit dans un songe éveillé. Grand, un peu voûté et maigre : un croyant ne connaissant pas la peur. Les autres, auprès de lui, paraissaient faibles, le visage inconsistant, rampant à quatre pattes comme des bêtes battues. Ces vieux sont de la souche des martyrs. D'eux on peut apprendre la conduite juste en ce monde.

Où est Amalia ? se demanda-t-il en se réveillant, comme s'il l'avait perdue. La pensée qu'Amalia pouvait s'enfuir vers la plaine, poussée par le désespoir, lui était déjà venue à l'esprit mais il l'avait refoulée. À présent elle flottait, incarnée.

– Amalia ! appela-t-il.

Pas de réponse. Il courut vers la maison. Il pensait qu'elle devait dévaler le versant de la montagne, et que s'il accélérait encore, il pourrait la rattraper. S'arrêtant un instant et levant les yeux, il vit Amalia debout dans la cour, les manches relevées, en train de nourrir les chiens. Son visage était lumineux, comme si elle avait été touchée par le bonheur. Il la contempla un moment et revint sur ses pas.

Les heures passèrent et il ne fit rien. Les pensées le portaient d'un lieu à l'autre. Ces six années au sommet de la montagne lui apparaissaient comme un long tunnel dans lequel s'étaient mélangées toutes les obscurités : l'obscurité oppressante, l'obscurité douloureuse du retour vers l'enfance, l'obscurité de la Slivovitz et du désir. Dans cette dernière obscurité il avait été avec Amalia. Amalia n'avait pas dit : « Tu es responsable, tu es l'homme et tu es plus âgé que moi. » Au contraire, elle avait endossé toute la responsabilité. Elle n'avait même pas demandé qu'il l'accompagne en Moldovicie. « J'irai seule. C'est entre moi et moi. Si Dieu me déclare coupable, j'accepterai la sentence. » Il était difficile à Gad d'entendre ce discours qui le lavait de toute culpabilité.

– Nous vivrons ce péché ensemble, lui avait-il dit à deux reprises.

– Ce n'est pas la peine, avait-elle répondu distraitement, comme s'il s'agissait d'un détail insignifiant.

Les pensées le portaient d'un lieu à l'autre, de l'esplanade au cimetière, au potager et, de là, au verger. Le verger l'avait immédiatement enchanté. Au fil des années, son attachement pour lui avait grandi. Les arbres étaient encore plongés dans leur sommeil, mais dans les branches fines s'agitait déjà une nouvelle vie. Il aimait la floraison, et la dentelle délicate des feuilles qui l'auréolait, les fruits verts, les fruits mûrissants et, tout autant que cela, la cueillette. La plupart du temps il la faisait avec Amalia. L'ombre d'un instant, il lui sembla que toute cette grâce, qu'il avait entretenue avec dévouement, était sur le point d'être anéantie.

– Non, cria-t-il, et il fit un mouvement de côté, pour faire taire en lui ce sentiment.

En rentrant il trouva la maison grande ouverte et baignée de lumière. Amalia était dans la cour et brossait la vache. La bête mouillée restait docile, sans protester.

– Que fais-tu, grand Dieu ? cria-t-il.

Amalia sursauta et répondit :

– Elle était sale.

– Il y a des choses plus urgentes.

– Je suis prête à tout faire, répondit-elle sans lâcher le seau.

– La vache peut attendre, il ne lui arrivera rien.

– Elle était très sale.

– Elle peut attendre.

– Je ne ferai plus rien. Si tu ne veux pas que je fasse quoi que ce soit, je ne ferai plus rien, dit-elle, en posant le seau sur le côté.

Ses paroles, qui exprimaient le renoncement et l'obéissance, courroucèrent Gad. Il parla de la nécessité de réparer les dégâts de l'hiver. D'abord renforcer les stèles, puis arracher les pousses de mauvaises herbes car sinon elles s'étendraient, recouvriraient tout, et on ne pourrait plus revenir sur cette négligence. Ce n'était plus son frère bien-aimé mais un autre homme, qui faisait rouler dans sa bouche des mots hostiles. Elle éclata en sanglots.

Cette nuit-là, elle lui révéla son intention de se rendre la semaine suivante en Moldovicie, d'accoucher là-bas et de confier le bébé à un couvent. Les sœurs recueillaient les bébés et les élevaient avec dévouement.

– Et tu n'iras pas à la maison ? lui demanda-t-il sans la regarder.

– Là-bas, on me chassera, on me lapidera. Les sœurs sont bonnes et dévouées, je leur fais confiance.

– Et que sera son avenir ?

– Je n'en sais rien.

Il était difficile de deviner ce qui se passait dans la tête de Gad.

Il était tendu et le pragmatisme d'Amalia l'ébranlait manifestement.

– Je ne suis pas sûr que ce soit la bonne solution.

Quelque chose du ton concret d'Amalia s'était imprégné en lui.

– Nous n'en avons pas d'autre, à mon avis.

– Laisse-moi réfléchir, dit-il, et un peu de sa chaleur naturelle revint sur son visage.

Devant sa franchise, elle osa dire :

– Ne me retiens pas.

– Tu mesures la portée de cet acte ? coupa-t-il.

– Je n'ai pas envie de la mesurer.

La colère contenue en elle afflua à la surface de son visage. Gad voulut l'apaiser, mais il ne trouva pas les mots.

Le lendemain il remarqua qu'Amalia ne travaillait pas comme à son habitude. Il y avait dans ses gestes une détermination farouche, comme si elle avait décidé de ne laisser aucun recoin à l'abandon. À en juger par la force et la vivacité qu'elle dégageait, Gad eut le sentiment qu'Amalia pouvait commettre un acte interdit.

Il la seconda presque toute la journée, craignant de la laisser seule. De son côté, elle n'exprima ni amertume ni colère. Elle travaillait en silence, à un rythme régulier, ce qui effraya encore plus Gad.

– Amalia, disait-il de temps à autre.

– Quoi ?

– Comment te sens-tu ?

– Très bien.

– Tu ne voudrais pas boire quelque chose ?

– Je n'ai pas soif.

Elle repoussait toute occasion de lui rendre les choses plus faciles, ou d'adoucir son malheur.

23

Ensuite, le printemps montra ses prodiges et Gad s'abîma dans le travail. La flore poussa en une nuit, la cime et les talus gris alentour se tachetèrent de fleurs. On voyait loin, on pouvait clairement distinguer les villages disséminés au pied des montagnes. Des chevaux tractaient de longues carrioles chargées de trèfles et cette vision lui donnait l'impression d'une vie déployée, palpitant au rythme des saisons, sans colère ni douleur.

La grossesse d'Amalia était une évidence à présent. Elle avait embelli, son cou s'était allongé, sa démarche était fière et elle travaillait du matin au soir. Elle était comme absorbée en elle-même. Gad était content que sa sœur n'ait rien perdu de son allure altière. La proximité qu'il ressentait envers elle était différente de celle des nuits d'hiver. Si elle l'avait accepté, il aurait été à son service, lui aurait apporté ses repas, lui aurait lavé les pieds. Étrangement, il lui semblait que la grossesse l'avait renforcée.

Que se passerait-il, et que serait sa vie dorénavant, elle l'ignorait. Dans ses cauchemars elle voyait le chemin vers la maison telle une pente sur laquelle elle dégringolait, pour atterrir en plein milieu du marché aux poissons. Des femmes robustes se tenaient près des étals, des poissons sanguinolents s'agitant dans leurs mains. Lorsqu'elle se réveillait, elle avait la certitude qu'elle ne retournerait pas là-bas. Mieux valaient les vieilles de Moldovicie.

Elle se représentait la Moldovicie comme une petite campagne, sur les hauteurs de laquelle étaient éparpillées de chétives maisons coiffées de toits en paille, et à la lisière, sur une colline plus haute que les autres, se dressait un couvent. Le silence y était la règle. Les vieilles, bien que n'étant pas religieuses, ressemblaient à des sœurs. Elles répandaient tranquillité et sérénité, et les femmes qui venaient accoucher dans leurs demeures faisaient ce qu'elles devaient faire selon un ordre établi depuis des générations. À partir de là, tout était entre les mains du ciel.

Gad cultivait l'espoir qu'un miracle se produirait peut-être et que personne ne viendrait cette année. Quatre ans auparavant, il y avait eu un bel été et Gad avait attendu beaucoup de monde, mais les brigands avaient semé la terreur sur les routes et seules quelques personnes éparses étaient arrivées sur la cime, en proie à un grand effroi. Elles s'étaient jetées sur les tombes avec des cris effrayés et étaient parties comme elles étaient venues.

Il ne parlait presque pas à Amalia. Elle travaillait avec acharnement dès le matin, et le soir, à son retour des champs, elle s'endormait de fatigue, sans manger.

– Et si on buvait un verre ? lui proposait-il parfois.

Elle acquiesçait et buvait, mais la boisson ne provoquait aucune conversation. Même les mots du quotidien sortaient difficilement de sa bouche. De temps à autre, cependant, deux ou trois mots s'échappaient, des mots qui éclairaient d'un coup son visage. Mais les craintes persistaient, elles s'agitaient silencieusement et empoisonnaient même les crépuscules frais qui se déployaient au travers des fenêtres.

Un soir, Gad revint du cimetière, le visage rougi par le soleil, et une force étrangère semblait suinter de ses épaules et de sa nuque. Amalia eut un mouvement de recul. Son frère ressemblait ce soir-là à l'un de ces paysans ruthènes qui, les jours de fête, passaient leur colère sur les étals juifs. Même leur père, un homme soumis et aimé, n'avait pu s'y dérober. Un jour, un paysan l'avait frappé avec un maillet. Amalia avait cinq ans, et la vision du paysan robuste s'était gravée en elle. Le père souffrit le restant de ses jours de son épaule meurtrie mais il ne s'en plaignit jamais, comme s'il s'était agi d'un secret qu'il ne pouvait partager.

– Que s'est-il passé ? demanda-t-elle prudemment.

– Deux voleurs ont tenté de pénétrer dans la synagogue.

– Qu'as-tu fait ?

– J'étais sur le point de les attraper, mais ils se sont enfuis.

Chaque mois il y avait des brigands ou des voleurs. Gad s'était presque habitué à ces incursions subites. Il avait la force d'affronter un ou deux voleurs, mais il n'était pas certain que cette force suffise face à un plus grand nombre. L'oncle Arié, lui, se mêlait à la vie des paysans, parlait leur jargon, savait les flatter et soudoyer, lorsqu'il le fallait.

Gad était éloigné d'eux, il descendait peu dans la plaine, et sans la crainte que l'oncle inspirait encore, la maison aurait été incendiée depuis longtemps. Les paysans évoquaient toujours l'oncle Arié avec vénération, comme s'il s'agissait d'un prêtre, ou d'un thaumaturge. Et malgré cela, tous les mois, voire tous les quinze jours, un brigand s'infiltrait, saccageait des tombes ou subtilisait des outils. Il y a deux ans, on avait volé le revêtement en tissu de l'arche sainte dans la synagogue.

Parfois, il semblait à Gad que la motivation principale des assaillants était Mauzi et Limzi. Ils savaient que les chiens étaient fougueux et prêts à se sacrifier. On avait tenté à plusieurs reprises de les empoisonner. À présent, sans raison particulière, il était persuadé que la veille aussi on avait essayé.

Une fois, à la taverne, un paysan lui avait dit :

– Je vais te parler franchement : c'est difficile pour nous d'accepter que des Juifs habitent au sommet de la montagne. Ce sommet, c'est notre âme.

– Il n'y a que moi et ma sœur là-haut.

– Mais des centaines de Juifs y montent en pèlerinage.

– Ils n'y restent qu'un jour ou deux.

– N'oublie pas qu'avant, c'étaient nos prêtres qui y vivaient.

Gad libéra Mauzi et Limzi de leurs chaînes et partit faire le tour du sommet. Sa brusque sortie effraya Amalia et elle resta figée à la fenêtre. Elle se souvint qu'un soir de Yom Kippour, un vieillard avait invoqué le bouc émissaire auquel on faisait porter les fautes d'Israël et qu'on faisait dévaler vers le précipice. À l'époque, cette histoire lui semblait lointaine, ne la concernait pas, comme la cendre de la vache rousse et les eaux maudites, mais à présent cela ressemblait à une menace explicite : il n'y avait pas de faute sans châtiment.

Lorsqu'il rentra à la maison son visage était paisible, au grand étonnement d'Amalia, et il parla des plates-bandes du potager et du verger. La récolte cette année, si Dieu le veut, sera abondante. Même si personne ne vient, nous n'aurons pas faim, résuma-t-il avec un étrange pragmatisme.

Ensuite ils burent quelques verres. Amalia s'apprêtait à lui révéler qu'elle avait terminé tous ses préparatifs pour descendre, et que s'il n'y avait pas de pluies violentes ou de contretemps, elle s'en irait. Mais en voyant son frère déborder d'enthousiasme, elle ne voulut pas anéantir sa joie. Gad parlait avec émotion du sommet, de ses vertus saintes et de la beauté éternelle qui s'écoulait de là-haut vers Amalia.

– Je regrette seulement que les colporteurs et les escrocs s'acharnent sur les pèlerins, exploitent leurs faiblesses et leurs douleurs et fassent entrer la souillure dans ce lieu saint. C'est une grande grâce que d'être ici.

– Nous nous souviendrons toujours de la cime, fit Amalia.

– Pourquoi dis-tu « nous nous souviendrons » ?

– Ce n'est pas ce que je voulais dire.

Gad changeait de jour en jour. Son visage enflait. Il ne se mettait pas en colère et n'élevait pas la voix, il marchait d'un pas calme et mesuré. Les mots qu'il prononçait n'étaient pas inconnus d'Amalia mais son ton était effrayant. Et lorsqu'il disait « je veux » ou « je vais », c'était comme s'il ne parlait pas de sa volonté ou de sa démarche mais de quelque chose qui lui était imposé. Sa façon de boire avait également changé. Il vidait les verres en fermant les yeux et se mordait les lèvres. Lorsque Amalia demandait s'il voulait encore de la soupe, il répondait : « Non merci. J'en ai pris plus qu'assez. » En son temps leur père disait « plus qu'assez », mais depuis sa mort nul n'avait employé cette expression. À présent, elle ne craignait plus sa colère mais sa retenue, crispée entre ses lèvres, et parfois le soir, à son retour, il s'endormait sur son châlit sans avoir rien mangé.

Tandis qu'ils espéraient encore en secret que les pèlerins

seraient empêchés de venir, Mauzi se libéra de sa chaîne et s'enfuit. Cela ressembla d'abord à une explosion de joie. Il cavala au sommet de la montagne et, là-haut, il se mit à aboyer. Dans ses aboiements, il n'y avait aucune méchanceté. Gad était dans la cour et l'appela :

– Mauzi, rentre à la maison ! Du calme !

En entendant Gad, le chien descendit et regagna la cour. Il semblait sur le point de retourner vers sa chaîne. Amalia s'agenouilla, souhaitant l'accueillir avec des caresses. Mais cette tendresse le fit sortir de ses gonds, il se redressa et montra les crocs, comme s'il s'apprêtait à fondre sur elle. Gad se précipita et le frappa.

Le chien s'agita violemment. Sur place, d'abord, puis il sortit faire le tour de la cime et revint pour foncer sur eux. N'ayant pas d'autre choix, ils se replièrent vers la maison.

– Limzi, pourquoi ne sors-tu pas aider ton frère ? s'écria Amalia, au désespoir.

Mauzi continuait de courir en cercle et de se jeter sur la porte. Son attaque était pleine de fureur et d'audace. Il était manifeste qu'il n'avait plus peur et qu'un seul désir brûlait en lui : attaquer et mordre.

Gad tenta une autre ruse :

– Qu'est-ce qui t'est arrivé ? Nous t'aimons comme toujours et nous sommes prêts à tout te pardonner.

Ces mots n'avaient pas prise sur lui. D'instant en instant, sa fureur s'amplifiait.

Gad, sans demander l'avis d'Amalia, descendit à la cave, ouvrit la cachette, en sortit le fusil, se posta à la fenêtre et pointa le canon. La balle partit et tua Mauzi sur le coup.

24

Cette nuit-là, assis près de la fenêtre ouverte, ils engloutirent un verre après l'autre. Gad, de manière inattendue, parla de la méchanceté de Mauzi et de ses fautes passées. Il avait plusieurs fois attaqué des pèlerins, et avait mordu un vieux Juif. Inexplicablement, il semblait à Amalia qu'il ne parlait pas de Mauzi mais de choses qui lui étaient arrivées dans son enfance, d'humiliations profondes que les années n'avaient pas effacées, qui ressurgissaient et flottaient chaque fois qu'une blessure s'ouvrait.

C'était bien entendu une erreur. Gad compta et recompta les fautes de Mauzi l'une après l'autre, à la manière d'un colporteur. Il finit par conclure avec brutalité :

– Ce n'est pas pour rien qu'il est mort ainsi. Il portait son passé de pécheur autour du cou.

Elle avait de la peine pour Gad, qui parlait sans pitié de Mauzi. Si elle avait vécu des instants agréables sur cette sombre montagne, cela avait été en compagnie de Mauzi et Limzi. Il est vrai que Gad le lui reprochait parfois, mais lui-même aimait faire le tour de la montagne avec eux, et plus d'une fois elle les avait surpris enlacés sur le sol.

À présent il gisait mort dans un fossé. Penser que le grand

Mauzi au pelage d'hiver tellement épais, qui aimait sommeiller par terre pattes écartées, répondait aux caresses et bâillait de contentement, penser que cette gentille créature s'était brusquement transformée en une bête féroce l'ébranla et elle se mit à trembler.

Elle tenta de le défendre :

– Qu'est-il arrivé au pauvre Mauzi ? demanda-t-elle.

– On l'a empoisonné et il a perdu la raison, répondit-il distraitement.

Les mots étaient à peine sortis de sa bouche qu'il se souvint que l'oncle Arié lui avait raconté, quelques jours avant sa mort, que des paysans avaient jadis tenté d'empoisonner Mauzi et Limzi mais qu'il les avait surpris à temps, les avait poursuivis et rattrapés. Ils avaient avoué, avaient fait le serment de ne pas recommencer et il les avait laissés partir.

– Les paysans essaient toujours de tuer nos chiens, dit-il, l'air ailleurs.

– Pourquoi ? Quel mal leur ont-ils fait ?

– Eh bien, c'est pour rendre les vols plus faciles.

Cette réponse bouleversa Amalia, qui dit, d'une voix tremblante :

– Il est mort sans avoir rien fait de mal. Il est mort parce qu'on l'avait honteusement empoisonné !

– Oui. Mais qu'est-ce qu'on pouvait y faire ? Tu as vu toi-même à quel point il était dangereux.

– On n'aurait pas pu le sauver ?

– Un chien empoisonné est un chien mort, dit-il, satisfait d'avoir trouvé les mots justes.

Amalia pencha la tête, le visage déchiré par la crainte. Elle s'était tenue assise ainsi après la mort du père. Gad voulut se lever pour la réprimander mais les mots lui firent défaut et il se ravisa. Après un long silence, il dit :

– Nous ne devons pas nous étendre sur le souvenir des animaux.

– Comment pourrons-nous l'oublier ? demanda-t-elle avec l'étonnement d'une petite fille.

– Nous devons l'oublier. Même nos morts, nous les oublions. Ce monde et le monde futur ne sont pas reliés, dit-il en se souvenant des paroles d'un vieillard.

– Mauzi nous aimait, dit-elle d'une voix étranglée.

– Tant qu'il avait toute sa tête.

– Nous ne l'avons pas tué, n'est-ce pas ?

– Tu as raison. Nous avons tué sa folie. Nous l'avons délivré de ses tourments.

Les yeux d'Amalia s'emplirent de larmes.

Il voulut la distraire en parlant de la clôture qu'il avait réparée sans l'aide des Gentils, et du beau portail qu'il allait construire maintenant. Il était de nouveau le frère qu'elle connaissait, dans les grands yeux duquel se reflétait une candeur enfantine. À présent, tandis qu'il parlait de la clôture et du portail, cette candeur-là éclairait son visage.

– Dommage que nous ne sachions plus prier.

– Oui, dit Gad, comme si on l'avait mis face à ses torts.

– Quand j'étais petite, je savais prier.

– Parfois j'en ai très envie, dit-il en mêlant sa voix à celle de sa sœur.

– Pourquoi la prière m'a-t-elle désertée ? demanda-t-elle, et l'étonnement s'alluma dans ses yeux.

– J'espère qu'elle nous reviendra un jour. Les malheureux pèlerins me redonnent le désir de prier. Il faut apprendre à prier pour la communauté. Celui qui agit ainsi est exaucé en premier, dit-il en souriant.

– Qu'y a-t-il ? demanda Amalia, effrayée par ce sourire.

– Je n'ai plus l'impression d'appartenir à la communauté des hommes.

Et le sourire se figea sur son visage.

– Un jour, papa m'a dit : « On ne pose pas de questions. On ouvre un livre de prières et on prie. »

– Il avait raison. C'est ainsi que sans en avoir l'intention on agit au nom de la Torah, dit-il en ricanant de nouveau, car il avait utilisé des mots qui n'étaient pas les siens.

– Dès que j'ouvre un livre de prières, j'étouffe.

– On surmonte cela en priant.

Il avait repris son ancienne voix. La voix d'un frère aîné.

– Nous vivons dans le péché, n'est-ce pas ? dit-elle avec un petit rire, en dissimulant sa bouche de sa main droite.

– Nous n'avons fait de mal à personne, répondit-il en se levant. Nous gardons ce lieu avec abnégation. L'été arrive avec beaucoup de retard, et nous n'avons pas toujours de l'huile, sans parler du café.

– C'est vrai, acquiesça-t-elle.

– Tous ceux qui habitent dans la plaine se doivent de le savoir : notre rôle ici n'est pas facile.

– Je vais sans doute devoir retourner dans la plaine.

– Pas maintenant. Le jour viendra. Mais pas maintenant.

Il répéta ces mots avec une curieuse intonation.

Cette nuit-là ils vidèrent toute une bouteille mais ils ne

furent pas ivres. Gad répétait : « Notre rôle n'est pas facile, mais nous ferons ce qui nous incombe. » Le visage d'Amalia s'arrondissait de plus en plus et l'étonnement ne la quittait pas.

Soudain elle releva la tête, comme si elle voulait dire : Tu répètes toujours la même chose. Gad devina la remarque muette mais il n'était pas en son pouvoir de se taire pour autant.

Amalia ouvrit ses grands yeux et dit :

– Je vais partir en Moldovicie, j'y resterai deux ou trois semaines et je reviendrai. Je ne peux plus vivre ailleurs.

– Pas maintenant, la coupa-t-il.

– Mon chéri, je sens que je suis près d'accoucher et je ne voudrais pas le faire ici.

Gad eut un geste étrange de la main, comme pour dire : Tu exagères. Le départ d'Amalia n'était apparemment pas d'actualité pour lui.

Plus tard vint la prise de conscience : Mauzi était mort. Cette pensée sembla ramper aux pieds d'Amalia, qui dit à haute voix :

– Mauzi ne compte plus parmi les vivants. C'est difficile à admettre. Il va beaucoup nous manquer. Mauzi. Qu'il repose au jardin d'Éden.

Gad surmonta sa fatigue et trancha :

– On ne dit pas ça pour un chien.

– Comment dit-on alors ?

– On ne dit rien.

– Il a vécu six ans avec nous.

– Et alors ? fit-il, avant de s'écrouler sur le châlit.

25

Le lendemain ils dormirent tard, et à leur réveil, le soleil était haut dans le ciel.

– J'ai rêvé toute la nuit de notre shtetl, dit Amalia sans bouger du lit.

– Et qu'est-ce que tu as vu ?

– Les ruelles étaient tranquilles, mais personne ne se souvenait de moi. Je me souvenais de tous les gens, mais eux ne se souvenaient pas de moi.

– Et tu ne le leur as pas rafraîchi la mémoire ?

– Je ne savais pas quoi dire. C'était comme s'ils ne m'avaient jamais vue. Je n'avais pas peur, mais je ressentais une angoisse diffuse. J'avais du mal à marcher. C'était l'été, comme ici, et pourtant j'avais du mal à marcher.

– Et tu n'as pas dit : « C'est moi, Amalia » ?

– Je n'y ai pas pensé.

– Qu'as-tu fait, alors ?

– Je suis descendue au marché ruthène. Là-bas on se souvenait de moi et on demandait après toi. Je leur disais que j'étais enceinte.

– Et comment réagissaient-ils ?

– Oh… sans plus. Ils étaient contents de me voir et ils m'offraient des poires.

Gad sortit. Limzi l'accueillit avec des aboiements de joie et il lui servit les restes du souper et une assiette de lait caillé. La cour était ouverte et éclairée, et une odeur de paille humide s'élevait des coins ombragés. La mort de Mauzi n'avait pas affecté Limzi. Il mangeait avec appétit, comme s'il était heureux de ne pas avoir de rival. Le ciel était haut et pur, un silence aigu régnait sur la cime et les hauteurs environnantes. Ce n'est que lorsqu'il ouvrit le poulailler qu'il se souvint que des rêves l'avaient lui aussi torturé toute la nuit.

Dans l'oratoire des femmes était assis le vieux maître Rabbi Haïm Yossef et il l'interrogeait sur la vache rousse. Lorsqu'il était enfant, il connaissait cette péricope dans les moindres détails mais à présent c'était comme si elle s'était effacée de son souvenir. Le silence prolongé de Gad faisait sortir le vieux de sa torpeur et il demandait :

– Tu ne te souviens de rien ? Pas même d'un détail ?

– Non, monsieur le rabbin.

Le vieux ouvrait de grands yeux.

– Pourquoi m'appelles-tu monsieur le rabbin ?

– Ce n'est pas ainsi qu'il faut vous appeler ?

– Je ne suis ni un monsieur, ni un rabbin, disait le vieux en élevant la voix.

– Pardon.

– Quand tu avais six ans, tu as été interrogé et tu connaissais ce passage par cœur, et maintenant tu ne sais plus rien.

– J'ai oublié. Qu'y puis-je ?

– Si c'est ainsi, dit le vieux, je peux fermer les yeux. Ça n'a pas de sens de juger tes actes. Sans mémoire, l'homme est comparable au bétail, et on ne juge pas le bétail, ni en bien ni en mal, tu comprends ?

Et il baissait les paupières.

Lorsque Gad rentra du poulailler, Amalia était encore pelotonnée dans le lit. Sans rien dire, il enflamma les bûches et le poêle commença à crépiter.

Amalia s'extirpa du lit, s'aspergea le visage, sortit le beurre et le fromage du garde-manger et les posa sur la table. La pièce et les chambres avoisinantes étaient inondées de lumière.

– Il s'est passé quelque chose ? demanda Amalia.

– Rien. J'ai faim.

Amalia trancha du pain, posa deux assiettes sur la table, se dirigea vers la bouilloire, la toucha et dit :

– Le café sera bientôt prêt.

Ils s'attablèrent et il sembla à Amalia que Mauzi était étendu là, sans bouger, les pattes écartées près du poêle. Elle voulut demander à son frère si les animaux aussi ressuscitaient mais elle se retint. Elle savait que ces questions-là le troublaient. Finalement elle dit :

– Je vois Mauzi.

– C'est ce que tu dis.

– Tu ne me crois pas ?

– Mauzi ne peut pas être ici. Il est ailleurs maintenant.

– Mon chéri, tout ce qui nous est proche sera toujours avec nous, dit-elle d'une voix qui n'était pas la sienne.

Gad fut stupéfait par son ton et ne répondit rien.

Après le repas, Gad prit la bêche et la houe et marcha vers le talus qui faisait face à la maison. Amalia ne lui demanda pas où il allait. Elle suivait du regard sa silhouette qui s'éloignait. Gad s'était trompé. Mauzi n'était pas tombé immédiatement, il avait continué à courir. Gad le trouva la gueule ouverte, gisant au fond d'un fossé, dans une expression de colère figée. Une pensée lui traversa l'esprit : les chiens quittent tous le monde avec une expression de colère.

Il se mit aussitôt au travail. Il s'agenouilla et recouvrit le corps recroquevillé de Mauzi d'un chiffon de lin, prépara un tas de poussière qu'il tamisa et combla le fossé de terre meuble en un rien de temps. Gad y forma une butte.

Puis il chargea la bêche et la houe sur son dos et se dirigea vers le potager. Il marcha longtemps sans qu'aucune pensée vienne le troubler. La lumière du matin était chaude et elle s'infiltrait à travers sa chemise. Ce doux contact réveilla en lui le désir de s'étendre par terre, de fermer les yeux et de plonger dans un silence agréable, mais il se souvint vite qu'il devait auparavant rentrer à la maison et laver ses mains impures.

Amalia se tenait toujours à la fenêtre. Elle l'avait observé depuis qu'il était sorti. Dans son imagination elle avait vu Mauzi non pas mort mais absorbé dans un profond sommeil. Cette impression s'était renforcée lorsqu'elle avait vu le geste qu'avait eu Gad pour recouvrir le cadavre. Mais quand il avait empoigné la houe et commencé à jeter la poussière dans le fossé, elle avait su la vérité et s'était écriée :

– Ne lui fais pas de mal, ne lui fais pas de mal !

Puis elle s'était figée sur place.

– Apparemment, il est mort sans souffrir, dit Gad en tentant d'adoucir quelque peu sa peine.

Ce petit mensonge fit apparaître un sourire malin sur son visage qu'elle prit entre ses mains. Il semblait à Gad qu'elle allait éclater en sanglots, et c'est pour cela qu'il s'adressa à elle d'une voix claire :

– Il est interdit de pleurer les animaux. Même les hommes, il est interdit de les pleurer au-delà du raisonnable.

Amalia ôta les mains de son visage et le sourire malin glissa de ses lèvres.

– Les Sages, ajouta Gad, nous ont recommandé de ne pas trop nous attacher aux animaux. Ils souillent la raison.

Ensuite il se dirigea vers la cuvette et se lava les mains avec une saponaire. Devant ses yeux flottait de nouveau l'expression courroucée de Mauzi. Il songea que le désir de mordre n'avait pas disparu avec sa mort.

– Tu vas au cimetière ? demanda Amalia d'une voix forcée.

– Je dois terminer la clôture et préparer le portail, répondit-il. Les pèlerins peuvent arriver d'un jour à l'autre.

– Bientôt, nous aurons des concombres dans le jardin, dit-elle soudain.

– Il faut s'occuper des plates-bandes et du verger. C'est un investissement sûr. Qui sait qui viendra, et qui ne viendra pas.

Il allait prendre la bêche mais il se rappela qu'elle était impure. Il fallait d'abord la planter dans la terre pour la purifier et c'est ce qu'il fit.

En chemin il se souvint que la fête de Pessah était passée depuis longtemps sans que rien ici ne permette de le soupçonner. Un remords tardif lui pinça la poitrine. La première année de leur installation sur la montagne, ils avaient fait le seder. Amalia avait cachérisé le four et les ustensiles et ils avaient cuit des matzot, pas exactement selon le rite de la plaine mais ils avaient fait de leur mieux, sans compter leurs efforts. Depuis, le temps s'était embrouillé. Il n'y avait plus les jours profanes d'un côté et le shabbat de l'autre, tout n'était qu'une suite de journées s'écoulant tel un fleuve puissant et bourbeux. Plus d'une fois ils avaient tenté de deviner si c'était shabbat d'après les cloches des églises mais les carillons les induisaient en erreur et ils avaient cessé de les écouter.

Le cimetière était à présent tout entier baigné de soleil. Les pluies de la nuit avaient arrosé la terre et malgré l'heure tardive une odeur d'herbe humide s'élevait encore des stèles. Lorsqu'ils étaient venus ici pour la première fois, c'était un jour haut et clair comme celui-ci. L'oncle Arié se tenait sur le seuil de sa maison. Il avait levé les bras et s'était écrié : « Bienvenue ! » Son visage était large et buriné, et il ressemblait à un juge sorti droit de la Bible. Durant les quelques jours qu'ils avaient passés avec lui, il leur avait enseigné la construction, l'arrosage, la conduite à tenir avec les pèlerins et les paysans, les soins à prodiguer aux animaux. Dans le domaine de la foi, il n'avait presque rien dit. Gad lui avait demandé un jour ce qu'il fallait faire lorsqu'on perdait son temps. « Rien » avait été sa seule et surprenante réponse. Ensuite il s'était repris et avait dit : « On descend en bas, on arrête une carriole et on demande. »

Il parlait peu, vite, n'employait pas d'adjectifs. Une telle concision les troublait. Ensuite il leur avait montré la cime. Il n'avait pas élevé la voix pour s'extasier et n'avait utilisé que des mots ordinaires. Il n'avait même pas récité un verset et Gad s'était étonné qu'un homme qui résidait depuis des années dans la proximité de tombes saintes n'ait pas prononcé devant eux un seul mot extrait du Pentateuque. À présent il se souvenait distinctement de l'expression robuste de son visage, de la position stable qu'il avait lorsqu'il était assis sur une chaise en paille, comme s'il n'avait pas quitté ce monde mais était dehors, à contempler les talus qui allaient en s'assombrissant à l'approche du soir.

Lorsqu'il rentra à la maison il trouva Amalia dehors sur une chaise en paille, Limzi à ses pieds. Le silence planait autour d'elle et dans la cour. En approchant d'elle il vit comme elle avait embelli ces derniers jours. Son ventre rond mettait sa silhouette en valeur. Cette fois il ne se retint pas et l'embrassa. Amalia répondit à ses baisers et ils s'étreignirent longtemps amoureusement. Ils dînèrent dehors. Ils n'avaient pas oublié la mort de Mauzi, mais ce soir le ciel bleu et le parfum des roses les enveloppaient et adoucissaient leur peine. Après le repas, Amalia dit :

– Je vais devoir partir bientôt, apparemment.

– La protection des âmes relègue tout au second plan. Je vais t'accompagner.

– Je peux voyager seule, ça ne me fait pas peur.

– Je ne te laisserai pas. Il n'y a pas à discuter.

Ce dévouement au bord du gouffre fit monter en elle un grand amour enfoui pour son frère, et elle dit :

– Pourquoi devons-nous nous cacher tout le temps ?

– À cause des gens. Ils ne comprendraient pas.

– Et Dieu ?

– Dieu n'est pas petit comme les gens.

– J'espère que nous n'aurons pas de mauvaises surprises, dit-elle soudain.

– Quel genre de surprises ?

– Oh, je ne sais pas. Je parlais seulement de mes craintes.

Elle n'avait pas fini sa dernière phrase qu'elle comprit pour la première fois la signification complète et cruelle du voyage en Moldovicie.

Elle arriverait là-bas après un périple long et fatigant. Une vieille la logerait chez elle, non sans demander qu'elle renonce au nouveau-né. Les vieilles, coutumières depuis des années des pécheresses qui se cachaient, ne mâchaient pas leurs mots. Lorsqu'une femme se plaignait de ses douleurs, elles la secouaient et lui disaient : « Accepte ta punition en silence, il ne t'arrivera rien. »

Une semaine après l'accouchement, la parturiente était obligée de mettre son enfant dans un panier, de le déposer sur les marches du couvent et de s'enfuir. La vision qui passa devant les yeux d'Amalia était aussi nette que si tout cela était la réalité incarnée, et non une hallucination.

Au milieu de la nuit, Amalia se réveilla et dit :

– J'ai des contractions.

– Tu vas accoucher ?

– Je ne sais pas.

Gad s'agenouilla près d'elle et dit :

– N'aie pas peur, j'irai partout avec toi. Le cimetière tient debout et celui qui viendra sera le bienvenu. Cet endroit ne dépend de personne. Les martyrs sont l'éternité. Lorsque tout sera arrangé, nous reviendrons nous occuper de la cime.

Il demeura ainsi près d'elle, et les douleurs disparurent peu à peu. Gad se leva, lui prépara une tisane avec des plantes de la cime et revint s'asseoir à ses pieds.

26

Le lendemain matin, sans prévenir, les premiers pèlerins apparurent. C'était un groupe de gens grands et maigres, précédé par deux jeunes garçons vêtus de longues chemises en lin. Ceux-ci ressemblaient à des enfants de chœur, peut-être à cause de leur démarche bien droite. Gad, qui avait l'intention de leur réclamer le droit d'entrée, fut surpris, se troubla, et n'eut pas le temps de les arrêter. Ils passèrent sans rien demander et sans saluer, et se dirigèrent aussitôt vers le cimetière.

Lorsqu'il se fut un peu ressaisi, il libéra Limzi de sa chaîne, attacha à son cou une laisse courte et prit le chemin du cimetière.

– Où vas-tu ? demanda Amalia, comme pour le retenir.

– Ça ne se voit pas ?

– Que dois-je faire ? s'écria-t-elle.

– Verrouille la maison, c'est tout, dit-il en sortant précipitamment.

Amalia ferma les fenêtres, alluma la torche et descendit au cellier.

Lorsqu'il arriva au cimetière, les gens étaient déjà éparpillés entre les tombes, priant et pleurant. Les deux enfants se tenaient près du portail à l'entrée. Un grand sérieux imprégnait leurs visages, comme s'ils s'apprêtaient à chanter. L'un des hommes maigres s'adressa à Gad :

– D'où es-tu ?

– Qu'est-ce que ça veut dire ? Je suis le maître des lieux, répondit Gad d'une voix forte.

– Tu as un droit de propriété sur ce lieu ?

– Depuis plusieurs générations.

– J'ai beaucoup entendu parler de cet endroit mais c'est la première fois que j'y viens, dit l'homme d'une voix de commerçant.

– Comment êtes-vous arrivés ici ? s'enquit Gad.

– À pied.

– Il n'y avait pas de carriole ?

– Nous avions peur d'entrer dans les villages. Même les chiens sont excités, là-bas. Nous les avons contournés.

– Celui-là, c'est un bon chien, dit Gad en caressant Limzi.

– J'ai vu, dit l'homme, et il sourit.

Les gens dispersés sur l'esplanade et dans le cimetière lui rappelaient l'été précédent, mais cette fois ils semblaient plus malheureux. Cela se voyait au visage des femmes, à leurs cheveux gris et attachés. Seul le malheur donne cette tête aux êtres humains.

– Qu'est-il arrivé en bas ? demanda Gad à l'homme qui se tenait près de lui.

– Une épidémie de typhus se propage dans toute la région, les gens meurent comme des mouches.

– Que fait-on contre cela ? demanda Gad, en regrettant aussitôt sa question.

– Eh bien… tout et rien, répondit l'homme, et il sourit de nouveau.

– Et qui vous a conseillé de venir ici ? questionna Gad, d'une voix grise de boutiquier.

– C'est-à-dire ? Existe-t-il un lieu plus saint ? Si les portes du ciel ne s'ouvrent pas ici, alors où s'ouvriront-elles ? dit l'homme, la voix enflammée.

Naguère, des gens en bonne santé se joignaient aux pèlerins, des gens qui n'avaient pas connu la souffrance, simplement pour être avec ceux qui souffraient. Ils donnaient l'aumône et s'occupaient des vieux. Au terme de l'ascension, quelque chose de la douleur des souffrants s'était imprimé en eux.

Cette année, il n'y avait personne comme cela. Le malheur était gravé sur tous les visages. Et il était manifeste qu'ils n'étaient pas seulement venus prier, mais aussi se coller aux tombes, secouer les Pères de leur sommeil afin qu'ils protègent des enfants qui n'avaient pas péché. En son temps, Gad se mêlait à ces ferventes prières, participait et aidait, mais cette fois une sorte d'impassibilité terne l'arrêtait, et il les regardait de loin, comme s'ils n'étaient pas des frères de malheur.

Une femme d'un certain âge, vêtue d'une robe longue et ample, vint vers lui et dit :

– Ce chien me fait peur.

– Je le tiens bien en laisse, dit Gad sans la regarder.

– Tout au long de la route, des chiens nous ont attaqués. J'avais pensé trouver le repos ici.

– Et qui sera le gardien de cet endroit ? tonna-t-il.

– Les martyrs ont-ils vraiment besoin de protection ?

– Un cimetière est un cimetière. Si on n'en prend pas soin, la clôture s'effondre, les stèles tombent et l'endroit devient vite la proie des aigles et des loups. Si tu ne comprends pas cela...

La femme baissa la tête, comme si elle avait été grondée, et elle demanda :

– Le chien ne me mordra pas ?

– Je te le promets, dit-il.

Au début Gad avait pensé ouvrir la synagogue, mais il n'en fit rien. Il alla chercher la cassette pour les dons, se plaça près du portail, éleva la lourde cassette et annonça, d'une voix de croque-mort :

– La tsedaka vous sauvera de la mort.

Puis il la posa très vite devant l'entrée et se retira. Limzi laissa échapper quelques aboiements brefs. Les gens en furent effrayés mais ne s'éloignèrent pas pour autant. Les femmes priaient, en invoquant le nom des malades qui souffraient de tous les maux, et réclamaient pour eux la miséricorde. Nul ne s'approcha de la cassette pour y laisser tomber une pièce.

Les choses s'étaient passées de la même manière l'année précédente. Personne n'avait pris la peine de lui demander comment on vivait ici, d'où venaient le bois de chauffage, la nourriture, qui chassait les brigands afin qu'ils ne profanent pas les tombes. Il faillit presque soulever la cassette et hurler : « Sans tsedaka, il n'y a pas de salut ! Celui qui ne donnera pas, Limzi le chassera. » Au même moment, un vieillard se leva et dit :

– Les enfants, c'est l'heure de la prière de Minha.

Tous se levèrent, abandonnèrent leur place et se dirigèrent vers l'esplanade pour prier. Gad ne se joignit pas à eux. Il resta sur le côté et les contempla, et plus il restait là, plus sa colère grandissait et le submergeait. Il ne s'attarda pas et déguerpit.

À la maison il trouva la porte verrouillée, les fenêtres fermées, un silence suspect pesant tout autour. Il martela la porte de son poing et cria :

– Ouvre !

Curieusement, il lui semblait que l'homme avec lequel Amalia avait discuté l'année précédente s'était glissé à l'intérieur et que tous deux s'ébattaient à présent dans le lit. Comme elle était lente à venir, il tambourina de nouveau, des deux poings cette fois.

– Qui est là ? demanda une voix effrayée.

– Moi.

Amalia ouvrit la porte. Son visage était enveloppé d'obscurité et un sourire niais flottait sur ses lèvres.

– Que faisais-tu ? demanda-t-il d'une voix de paysan.

– Rien. J'étais à la cave.

– Pourquoi ?

– J'avais peur.

– Et tu n'as pas préparé le déjeuner ?

Elle se couvrit le visage des mains. Il lui sembla qu'elle était sur le point d'éclater en sanglots. Il changea aussitôt de ton et dit :

– Personne n'a daigné glisser une pièce dans la caisse. Je l'ai laissée au milieu de l'entrée pour qu'ils ne puissent pas prétendre ne pas l'avoir vue.

– Et ils n'ont rien dit ? demanda Amalia d'une voix craintive.

– Ils ne pensent qu'à eux-mêmes, maugréa-t-il d'une voix qui lui était étrangère.

– Ah bon ?

– J'aurais dû les arrêter au portail.

– Oui, dit-elle, sans savoir pourquoi.

Plus tard, lorsqu'il eut fini de manger, son visage s'apaisa. La pensée que les gens n'avaient pas découvert l'état d'Amalia lui était étrangement agréable, comme s'il avait réussi à les duper. Il ne retourna pas au cimetière, comme il en avait l'habitude. Il s'adossa au mur, près des fenêtres aux volets tirés, comme s'il s'apprêtait à espionner les bruits de l'extérieur.

– Et si on buvait un coup ? proposa-t-il.

– Tout de suite, répondit-elle, heureuse de le sentir apaisé.

Après quelques verres il s'agenouilla et dit :

– Je me suis senti très mal.

– Pourquoi ? demanda-t-elle, en voulant se rapprocher de lui.

– J'avais peur d'eux.

– Il n'y a pas de quoi avoir peur. Je vais bientôt partir en Moldovicie. Les vieilles me feront bon accueil. Personne là-bas ne demande d'où tu viens ni où tu vas.

– Mais c'est un endroit chrétien ! dit-il, comme s'il venait juste de saisir le sens de son départ prochain.

– Seule une femme peut comprendre le malheur d'une femme, dit-elle en se rappelant une phrase qu'elle avait entendue dans son enfance.

– Ça me travaille, que le fruit de notre amour soit déposé sur les marches d'un couvent.

– Que peut-on faire?

– Je veux demander conseil aux martyrs.

– Ils te parlent?

– De loin en loin.

– J'espère qu'ils ne seront pas fâchés contre toi.

– J'essaierai. Mais pas maintenant. Maintenant ils sont tous en train de marteler les tombes.

Toutes les pensées qui l'habitaient en secret depuis l'hiver semblaient avoir trouvé le moyen de se formuler en mots. Les mots le conduisaient d'une impasse à l'autre. Finalement, sans trouver d'issue, il leva les mains et dit:

– Peut-être les martyrs me répondront-ils.

Plus tard on entendit, au-dehors, les aboiements éraillés de Limzi.

– Mauzi lui manque, dit Amalia.

– Qu'est-ce que tu racontes?

– Il n'a jamais aboyé comme ça.

– Les chiens ont la mémoire courte.

Il avait à peine dit cela que le cadavre de Mauzi et ses deux mâchoires découvertes revinrent flotter devant ses yeux.

27

Cette nuit-là, ils burent lentement, mais beaucoup. La Slivovitz enflamma l'imagination de Gad, et il évoqua le rempart qui entourerait la cime. L'entrée ne serait autorisée qu'à un tout petit nombre, des élus, des gens discrets qui ne se mêlaient pas de la vie des autres mais priaient en silence, sans effusion, et déposaient après la prière un billet dans la cassette puis rentraient chez eux.

Il semblait à Amalia, étrangement, que son grand frère préparait en secret une large cachette souterraine où, dans l'obscurité capitonnée, ils élèveraient leur enfant. Durant les nuits chaudes et sombres d'été ils le feraient sortir au grand air et le poseraient dans son couffin, face aux étoiles. Amalia voulait demander des détails à son frère mais elle comprit aussitôt que ce n'était pas le moment, que mieux valait attendre.

Plus tard l'enthousiasme de Gad retomba et il parla beaucoup de la plaine déprimante, de l'entassement des gens, de l'amertume et des maladies qui bouillonnaient là-bas dans chaque maison. Il fallait détruire les petites maisons pourries et disperser les gens sur les collines, où il y avait de l'espace, où c'était chacun pour soi, dans l'air frais. Toute la colère contenue en lui depuis des années était en train de trouver ses mots, ses expressions et ses métaphores, et il ne se calma pas avant d'avoir qualifié le typhus de « typhus juif ».

Amalia ne demeura pas en reste cette nuit-là. Elle parla de mères géantes qui frappaient leurs filles maigres avec cruauté. Gad savait qu'elle parlait de leur mère à eux et un instant il voulut dire qu'il ne faut pas troubler le repos des morts, mais il était fasciné par la voix d'Amalia et ne put émettre le moindre son. Elle parlait avec une sorte de pureté musicale, et choisissait des mots inédits. Elle ne s'apaisa pas avant d'avoir dit : « Il ne faut pas laisser les femmes dans des épiceries obscures. Les ténèbres assombrissent l'âme, et lorsque l'âme est assombrie, les mains frappent sans pitié. »

Soudain, sans prévenir, elle releva sa chemise et lui montra la cicatrice sur ses hanches. Gad se souvint alors du fouet avec lequel leur mère la battait, un fouet de cuir épais et brillant qu'un cocher avait oublié au magasin. Il lui semblait que ce n'était pas leur mère qu'elle accusait, mais lui, Gad, qui avait fait ce qu'il avait fait, et qui était incapable à présent de prendre ses responsabilités.

– Remets ta chemise, ma chérie. Tu vas prendre froid, dit-il avec douceur.

– Je n'ai pas froid. Je voulais juste te montrer, pour que tu ne penses pas que j'invente.

Il connaissait cette cicatrice et il l'aimait, mais il avait peur à présent qu'Amalia pousse plus loin et commette un acte violent. Ses yeux brûlaient, et ses mains étaient serrées, les poings fermés.

Il réitéra sa demande :

– Remets ta chemise.

À sa stupéfaction, elle découvrit sa cuisse droite et dit :

– Ça aussi, ça fait mal. Tout l'hiver cette cicatrice m'a fait souffrir. Je ne voulais pas te le dire, mais elle me fait très mal.

Gad connaissait cette cicatrice aussi mais il voyait pour la première fois combien elle était rose.

– Tout cela, c'est maman qui me l'a fait, de ses propres mains. Je n'ai pas tué ses petits. C'est le typhus qui les a tués.

– C'est dur à comprendre, grommela-t-il.

– Non, ce n'est pas dur : elle voulait me tuer.

– On ne peut pas revenir sur ce qui a été fait, mais on peut y remédier.

– Comment peut-on remédier à ce mal brûlant ?

– Ensemble. Ensemble nous guérirons.

– Tu ne vois donc pas que c'est une cicatrice profonde ? dit-elle en élevant la voix.

Amalia était belle cette nuit-là et parlait avec une force immense, comme si elle n'évoquait pas seulement son humiliation mais aussi celle de ses sœurs, torturées par des parents amers et des maris dominateurs.

– Mets ta chemise, il y a des gens dehors, avança-t-il prudemment.

– Je n'ai pas honte et je n'ai pas peur, dit-elle d'une voix qui n'était pas la sienne.

– Le typhus sévit dehors, dit-il curieusement.

Elle eut un geste de dénégation :

– Moi, ça ne me fait plus peur.

Ensuite, ils furent tous deux très ivres. Amalia dépeignit une autre vie, une vie libre, dans laquelle il n'y avait ni culpabilité ni crainte et Gad lui promit que la muraille autour de la cime serait haute, nul n'y entrerait, sinon quelques élus. Sur ce, elle lui demanda de jurer de ne pas épouser une autre femme, ce qu'il fit d'une voix puissante.

Ensuite, les mots n'eurent plus aucun sens. Amalia parla de la beauté de Mauzi, de sa fidélité, et de sa résurrection qui était en train de s'accomplir. Gad savait qu'il s'agissait d'un dibbouk et non de la voix d'Amalia, mais lui-même était fatigué, troublé, et n'avait même pas le courage de traîner ses jambes. Il l'entendit cependant crier :

– Mauzi va ressusciter, tu verras.

Juste avant l'aube, Amalia le réveilla :

– Limzi n'arrête pas d'aboyer. On l'a peut-être empoisonné, lui aussi.

– Il n'aboie pas comme un chien empoisonné, dit Gad, après avoir tendu l'oreille.

– Pourquoi ne se calme-t-il pas, alors ?

Gad descendit au cellier, sortit le fusil de sa cachette, se plaça près des volets et écouta. Hormis les aboiements de Limzi, on n'entendait aucun bruit. Ce n'est que plus tard qu'il distingua deux ombres courbées qui s'approchaient du poulailler. Il tira et sortit. Il aperçut les voleurs, qui détalaient entre les rochers et les buissons. Gad voulait tirer encore mais il se retint. Il estima qu'il ne pouvait les atteindre.

Lorsqu'il rentra à la maison, Amalia s'empressa de lui servir du café. Gad avala quelques gorgées et dit :

– Ils veulent nous chasser. Nous sommes des plaisantins à leurs yeux.

Amalia ne réagit pas. Elle ouvrit grand les yeux, essayant de capter toute la fureur de l'expression de son frère.

28

Le lendemain, lorsqu'il se leva, Amalia dormait encore profondément. Il donna à boire à Limzi, s'occupa de la vache et entreprit de la traire. Le silence était tel qu'il en oublia la présence des pèlerins sur la montagne. En rentrant il alluma le poêle, sortit le beurre du garde-manger et se fit une tartine. Amalia dormait les jambes repliées et croisées, les bras abandonnés sur le grand édredon. Il était manifeste qu'elle sommeillerait encore de longues heures. Il pensait aller au potager pour voir s'il fallait l'arroser mais il se souvint que les pèlerins se trouvaient dans le cimetière. Il laissa tout en l'état et se hâta vers eux.

En chemin, il se rappela ce qu'on lui avait fait subir l'année précédente, comment ils avaient sali l'esplanade et le petit bâtiment des toilettes ; et même le puits, ils ne l'avaient pas épargné. S'ils avaient pu m'abandonner et conserver ma Loi – la vieille antienne oubliée lui revint en mémoire. En son temps, un des merveilleux vieillards, Rabbi Pinhas, l'utilisait souvent dans des commentaires. Depuis, les années avaient passé, et entre-temps le vieil homme avait quitté ce monde.

À présent il voyait Amalia enveloppée d'une autre clarté. Son corps nu dans la nuit était plein et beau, et les cicatrices ajoutaient à son charme. Ses seins étaient lourds mais ne tombaient pas. Elle marchait dans la pièce comme s'il lui avait été donné, enfin, de déployer ses ailes attachées, et en effet elle flottait. Lorsqu'il lui avait fait le serment de ne pas épouser une autre femme, elle lui avait dit : « Tu as bien prêté serment », et elle lui avait tapoté l'épaule malicieusement. Sa grossesse était visible, mais ne cambrait pas son dos. Plusieurs fois elle s'était approchée de lui pour qu'il la caresse, et il l'avait caressée avec délicatesse. Cette nuit-là, quelques phrases limpides lui avaient échappé. Il se souvenait de l'une d'elles : « Tu ne dois pas t'inquiéter, je vais partir en Moldovicie et là-bas j'arrangerai tout. Si je ne reviens pas, cela voudra dire que je me suis perdue. » À présent, il était persuadé qu'elle avait dit : « J'ai couru à ma perte. » Il s'en voulait de ne pas avoir prêté attention à ces mots terribles durant la nuit.

Sur l'esplanade du cimetière, les gens étaient assis, adossés à la clôture, une sorte de stupéfaction figée dans leurs yeux, comme s'ils étaient revenus d'un long voyage, mais sans marchandise. La marchandise avait été volée, et les chevaux aussi. Les carrioles étaient demeurées vides, sur les bas-côtés de la route.

Gad les ignora. Ses pensées étaient tournées vers la cassette de la tsedaka. Elle était là où il l'avait déposée la veille. Il était persuadé que cette fois non plus personne n'y avait glissé de pièce, et qu'à l'automne, il devrait de nouveau vendre un des bijoux que l'oncle leur avait laissés.

Il se dirigea vers la cassette avec l'intention de la brandir et de proclamer : « Il n'y a pas de gardien sans rétribution dans ce monde ! Celui qui ne fera pas de dons sera aussitôt chassé.

Cela fait six ans qu'on m'exploite. Sans l'héritage, je serais déjà mort de faim. C'est vrai, je ne suis pas un Juste comme l'oncle Arié, mais je m'acquitte de ma tâche avec sérieux. Je ne demande rien d'autre que les frais de gardiennage. »

Il se pencha, saisit la poignée et sentit aussitôt que la grande cassette, la cassette antique était pleine à ras bord. Il voulut un instant la soulever et la serrer contre son cœur mais ses doigts le brûlèrent. Il la reposa et s'éloigna.

Les mots s'échappèrent de sa bouche :

– Quoi ? C'est trop !

Des années auparavant, alors qu'il était encore un enfant, un client régulier du magasin était entré, lui avait donné un écu en disant : « C'est pour toi et ta sœur Amalia, partagez-le équitablement. La nuit dernière j'ai rêvé de vous, les enfants, et j'ai fait le vœu en mon cœur de vous donner un écu si je m'éveillais en bonne santé. » Comme à l'époque, il venait de dire : « C'est trop. »

Ensuite il s'approcha des gens et cria :

– J'ouvre la synagogue.

Tous se levèrent. La grande femme qui lui avait parlé la veille vint vers lui et demanda :

– Allons-nous à la synagogue des martyrs ?

– Oui. On l'appelle également « la synagogue des profondeurs » car on y descend par sept marches.

– Je l'ignorais, dit la femme en baissant la tête.

Gad lui raconta que, le jour du pogrom, une partie des martyrs y avaient trouvé refuge. Mais le siège avait été pénible, l'eau manquait, et ils n'avaient pas eu la force de creuser un tunnel.

– Je l'ignorais, murmura la femme, je l'ignorais.

– Tu dois savoir que c'étaient d'audacieux combattants et qu'ils ont sanctifié le Nom céleste en grand nombre. Nous avons beaucoup à apprendre d'eux.

Tous descendirent. Gad leur demanda de s'avancer et de prendre place près de l'arche sainte. Ils entamèrent aussitôt la prière de Minha. Les chuchotements familiers entouraient Gad de toutes parts. Il savait qu'il n'avait pas prié depuis des mois, les lettres s'étaient effacées de sa mémoire, et il était douteux qu'un livre de prières, même ouvert, puisse encore l'aider.

Après la prière, il eut envie de servir du café aux fidèles, comme l'oncle Arié avait l'habitude de le faire, mais il n'en fit rien. Si Amalia n'avait pas insisté pour nettoyer la synagogue, l'endroit aurait été négligé. Cependant il se reprit, alluma le poêle, y déposa la marmite et alla chercher du café. Amalia s'effraya de le voir revenir si vite et demanda :

– Que s'est-il passé ?

– Des gens honorables sont venus cette fois. Ils ont rempli la cassette à ras bord.

Amalia eut un petit sourire, comme si elle était habillée d'une façon peu convenable.

Gad retourna à la synagogue, servit du café, et ils entonnèrent *Adon Olam* sur un air triste. Ils fredonnèrent jusqu'au soir. Les Anciens n'étaient pas venus cette fois, et les prières étaient faibles et entrecoupées. Il y avait là un vieil homme qui ressemblait aux Anciens, mais manifestement il n'avait pas en lui le même feu qu'eux. Il était assis, voûté. De toute évidence, la vieillesse lui pesait.

À la fin de la prière, personne ne commenta de textes. Tous sortirent et restèrent postés devant la synagogue. En son temps, l'oncle Arié l'avait averti qu'il ne fallait pas permettre aux gens de rester trop longtemps au cimetière, car cela était susceptible de déranger les morts. Il fallait faire asseoir les gens dans la synagogue, où l'étude fonctionnait comme la prière, et il lui avait alors expliqué le célèbre verset « Mieux vaut un Sage qu'un prophète ».

Gad ne tint pas compte de cet avertissement. Lui-même était de plus en plus attiré par le cimetière. S'il avait trouvé quelques moments de sérénité dans tout ce dur et absolu silence, c'était grâce aux heures passées au cimetière. La synagogue provoquait toujours chez lui une mélancolie noire.

Plus tard, le vieil homme se redressa, se leva et commenta le verset « Les cieux sont des cieux pour le Seigneur, et la Terre, Il l'a donnée aux fils des hommes ». Il les mit en garde contre les questions inopportunes et prêcha en faveur de l'action, car l'action incluait le corps et l'âme. Celui qui agit est exaucé et le sens des choses lui apparaît également. La spéculation et le vagabondage de l'esprit étaient les maladies du temps et seule l'action sauvait l'homme.

Ils chantèrent encore des chants tristes et nostalgiques. Les femmes pleuraient. C'était ainsi chaque année. Par le passé il leur était arrivé de rester là des nuits entières, à prier et chanter, et Gad les trouvait au matin, recroquevillés sur l'esplanade, chacun près de son baluchon, comme dans un campement de soldats vaincus. L'oncle Arié l'avait également prévenu de cette habitude répréhensible, mais lui-même se laissait parfois emporter par les chants de la nuit, et plus d'une fois il s'était même endormi avec les autres.

Après le chant, Gad annonça d'une voix forte :

– Nous avons trois chambres libres. Les faibles et les malades sont invités à venir.

Nul ne s'approcha de lui. Ils allumèrent des feux sur l'esplanade et se dépêchèrent de préparer le dîner. Et un instant, ils oublièrent aussi qu'en bas une terrible épidémie faisait rage, une épidémie cruelle, qui dévorait dans sa fureur des enfants et des vieillards. Certains allèrent ramasser du petit bois et d'autres s'occupèrent d'entretenir le feu.

À la maison Gad trouva Amalia près de la bouteille, les yeux brillants, mais elle n'était pas ivre. Gad ouvrit la cassette et la vida avec précaution. Elle contenait des pièces d'or et des pièces d'argent, des parures et des bagues, ainsi que deux paires de boucles d'oreilles. Il n'avait jamais vu de cassette aussi pleine. La joie d'Amalia était différente. Elle caressa la cassette et murmura :

– Des gens merveilleux. Des Justes.

Gad s'assit et sépara avec soin les pièces d'or des pièces d'argent et de cuivre. Il mit les bijoux dans une assiette. Après avoir trié et compté, il dit d'une voix étrange :

– Ça va nous suffire pour deux ans au moins.

Il eut un sourire béat, le sourire d'un grand enfant qui reçoit enfin ce qu'il attendait.

Tard dans la nuit, après avoir mangé et bu, il parla fiévreusement d'aider les pèlerins, qui étaient pour une fois discrets et calmes, car leur malheur était grand, « et si nous pouvons les en alléger, du mieux possible, nous aurons accompli une bonne action ». Amalia lui faisait face et serrait Limzi entre ses bras, les yeux brillant d'une joie silencieuse. Gad eut peur de son regard, mais il parla encore des pèlerins bons et fidèles, et du fait qu'il ne fallait pas laisser les malades et les vieux dormir à la belle étoile. Les nuits étaient froides et humides ; à l'aube, un vent fort soufflait. Amalia ne le quittait pas des yeux. Finalement elle lui dit :

– Je voulais te dire quelque chose.

– Quoi ?

– Je sens que Dieu s'est approché de moi.

– Comment ? s'effraya-t-il.

– Je sens sa présence partout dans la maison.

– Je ne comprends pas.

– Il y a quelques jours, j'ai entendu une voix : « Amalia, n'aie pas peur, je serai partout avec toi. »

– Et qu'as-tu dit ?

– Rien.

– Ah bon ?

– Je voulais m'agenouiller mais je me suis souvenue aussitôt que c'était interdit. J'ai ôté mes chaussures et je me suis assise par terre.

– Amalia, ma chérie.

– Quoi ?

– Je ne sais pas quoi te dire.

Il savait : l'explosion viendrait un jour, mais il ignorait comment, et où. C'était Amalia et pourtant ce n'était pas elle. Les quelques mots qu'elle avait prononcés avaient modifié son visage. Elle ne se glorifia pas, et ne s'excusa pas, et n'ajouta rien à ce qu'elle lui avait révélé.

Ensuite ils mangèrent et burent, mais en silence. Gad voulait poser des questions mais les mots lui manquaient. Il savait qu'enfant déjà elle entendait des voix, elle le lui avait même confié, en secret. Ce secret lui était apparu alors comme l'une de ses bizarreries magiques. Elle avait toujours eu des comportements sortant de l'ordinaire. Leur mère la tenait à l'œil et pour chaque excentricité elle la battait. Elle ignorait tout des voix, manifestement, mais les coups qu'Amalia avait reçus l'avaient incitée à garder ça pour elle.

À présent, elles refaisaient surface, une à une.

29

Le lendemain le ciel était sombre et un brouillard terne planait sur la cime.

– Il ne faut pas se lever tard lorsque des gens dorment dehors, balbutia-t-il.

Il était neuf heures et Amalia était encore en plein sommeil. Ces derniers jours, elle était livrée à elle-même et passait la majeure partie de ses journées à la cave.

– Amalia, je vais à l'esplanade, dit-il en se penchant sur elle.

– N'oublie pas de venir pour midi, répondit-elle sans ouvrir les yeux.

– Verrouille la porte et ne laisse entrer personne.

– Bien entendu.

Amalia avait cessé ses comportements bizarres. Il l'embrassa, et respira l'odeur d'essence de roses dont elle se parfumait le corps avant de se coucher. Il ressentit un grand désir de se serrer contre elle et de dormir profondément à côté d'elle toute la journée, comme en hiver.

– Amalia, appela-t-il de nouveau.

– Quoi, mon chéri ?

– Je dois y aller.

– Va ton chemin, et que Dieu soit avec toi.

C'était la même Amalia que celle qu'il avait connue en hiver : belle, attirante et fascinante. Même dans cette petite bénédiction qu'elle venait de formuler, elle était charmante.

Gad sentit qu'en sortant de la maison il avait emporté avec lui un peu de son sommeil, et sa chaude torpeur enveloppa sa poitrine et son cou. Ces derniers jours elle parlait calmement, comme un être qui aurait retrouvé la foi. Elle ne priait pas, mais fermait parfois les yeux.

À l'esplanade, tous étaient déjà assis près de la clôture. Les ombres du ciel obscurcissaient les visages et Gad regretta de ne pas leur avoir demandé pardon la veille. À présent, s'il le faisait, ils lui pardonneraient peut-être, mais ils ne sauraient pas pourquoi.

Tout le monde attendait les Anciens, mais ils tardaient à venir. Ce retard provoqua chez les pèlerins la crainte éprouvante du Ciel.

Quelqu'un s'approcha de lui et le questionna :

– Quand viendront les Anciens ?

– Très bientôt, répondit Gad d'une voix pleine d'allant. Les Anciens sont là chaque année. Il leur est difficile de monter jusqu'ici, mais ils viennent.

L'homme inclina la tête et le remercia. Imperceptiblement, ce mouvement découvrit la doublure déchirée de son manteau et la longue pièce destinée à la masquer. Des doublures déchirées, il en avait déjà vu, mais pas dans cet état. Elle reflétait tout le désespoir qui s'était amoncelé en cet homme, et maintenant c'était comme si elle parlait en son nom : J'ai fait ce que j'ai pu. Je m'en remets au Ciel, qu'il fasse selon Sa volonté.

Ensuite, l'homme dit avec dévotion :

– Aujourd'hui les Anciens nous sont aussi nécessaires que l'air que l'on respire.

Il était manifeste qu'il avait préparé cette phrase depuis un moment, et qu'il était heureux de l'avoir prononcée. Gad alla chercher au fond de lui-même une vieille antienne :

– Il faut savoir attendre patiemment et il est interdit de repousser les échéances.

Un sourire se dessina sur le visage de l'homme :

– Mais que faire si le temps presse ?

Gad comprit que l'homme parlait de la mort qui s'était installée en lui et dans ses vêtements. Si les Anciens ne venaient pas, c'était signe que la mort avait triomphé.

– Nous avons prié pour les trouver, dit-il, comme quelqu'un qui n'a pas seulement manqué son heure.

Les deux enfants se tenaient à l'écart et un étonnement aigu se lisait dans leurs grands yeux.

– D'où sont les enfants ? demanda Gad, comme s'il venait tout juste de constater leur présence.

– Ils sont jumeaux, s'empressa de répondre l'homme. Leurs parents sont morts durant l'épidémie. Nous avions peur de les laisser seuls.

– C'est bien que vous les ayez amenés, fit Gad.

– Ils sont très calmes et prient comme des adultes, dit l'homme comme s'il fallait prendre leur défense.

– Les Anciens vont venir et ils vous béniront, assura Gad, tout en sentant que ces mots n'étaient pas les siens.

Deux femmes se tenaient près de la grande stèle dont les lettres s'étaient estompées et priaient dans un murmure. Il y avait quelques années de cela, l'Ancien bien connu de tous Rabbi Mordekhaï lisait les passages effacés de la stèle à voix haute. À présent, plus personne ne se les rappelait. Gad avait déjà remarqué la veille que les femmes s'étaient assises près de cette stèle pour prier.

– Nous avons des chambres libres et on peut y loger les femmes et les enfants, dit Gad en se tournant vers l'homme.

– Nous ne pourrons pas rester longtemps, on nous attend en bas, répondit l'homme d'une voix tremblante.

– Il va bientôt pleuvoir, il ne faut pas laisser les gens dehors.

– La nuit dernière ils ont dormi dans la synagogue. Il ne faisait pas froid, dit l'homme, sur le ton de quelqu'un qui s'excuse.

– Nous avons deux lits larges dans chaque chambre, un puits et des toilettes. C'est un moment d'épreuve pour nous également.

– On ne peut pas entrer dans la maison. Nous sommes malades.

Gad rassembla son courage :

– Je n'ai pas peur. Les Juifs ne m'effraient pas. Nous sommes les gardiens les uns des autres. C'est ce que nous avons proclamé durant toutes ces années. Le temps est venu de le prouver.

Dans la synagogue, au même instant, trois hommes compulsaient des livres. Le temps avait marqué leurs visages. Leurs joues étaient livides et leurs doigts tremblaient au-dessus des pages.

– Bénis soient ceux qui étudient, dit Gad d'une voix forte.

Ils levèrent les yeux et la lumière des lucarnes éclaira leurs visages.

– Est-ce que l'épidémie est parvenue jusqu'ici ? s'enquit l'un d'eux, en regrettant aussitôt sa question.

– Ici il y a eu un hiver froid et long. Nul n'est entré, nul n'est sorti. La neige a atteint la hauteur des bâtiments.

– Et tu es seul ici ?

– Je suis avec ma sœur, répondit-il aussitôt, et il sentit l'œil de l'étranger se planter dans ses secrets.

– Quand le printemps arrive-t-il ici ? demanda l'homme, comme s'il posait une question indiscrète.

– Très tard, après Pessah, et parfois il n'y a pas d'été du tout. Il y a deux ans, la neige a fondu à Pessah, mais elle est aussitôt retombée. Nous ne décidons de rien ici, dit Gad avec émotion.

– Durant toutes ces années nous ne sommes pas venus, jusqu'à ce que les malheurs nous frappent en plein cœur. C'est le lieu des prodiges, dit l'homme, également très ému.

Tout ici n'est pas que prodiges, certains jours le ciel est impénétrable, et il n'y a que l'obscurité, encore l'obscurité, voulut-il répondre.

– Que fait-on ici, en hiver ? demanda d'une voix claire le deuxième homme, en quittant son livre des yeux.

– On scie du bois. Les bras ne suffisent pas pour nourrir le poêle.

– Et vous ne descendez pas ?

– Il est interdit de laisser l'endroit sans surveillance. Parfois la neige fond soudainement et emporte tout ce qui se trouve sur son chemin. Il faut bien que quelqu'un reste, n'est-ce pas ?

– Oui, répondit l'homme d'une voix atone.

– Il faut bien que quelqu'un garde le lieu, répéta Gad, comme s'il n'existait pas de mots meilleurs que ceux-là.

– Et il y a beaucoup de neige ? s'enquit l'homme.

– Énormément. En hiver, la montagne n'est qu'un bloc de neige. Nous gardons ce lieu depuis de nombreuses générations. Désormais, c'est mon tour. Je ne me plains pas. Quand il fait beau, la vue est dégagée et la plaine est comme posée sur la paume de la main. Parfois nous avons envie de descendre, mais nous avons appris à passer outre. Qu'y a-t-il en bas qu'il n'y ait pas ici ? Ici on est plus haut, l'air est plus pur. La proximité avec les martyrs nous enseigne chaque jour quelque chose sur l'humilité. Notre vie n'est pas facile, mais elle a un sens.

Les trois hommes le fixèrent, comme s'il n'était pas un gardien mais un penseur.

À la maison, le soir, il ne raconta rien de sa journée à Amalia. Il resta longtemps près de la cuve et se lava les mains. Amalia lui servit une soupe chaude, une galette au fromage et des cornichons. Tout était savoureux et Gad mangea avec appétit. Il oubliait les visages tourmentés des gens sur l'esplanade et se réjouissait d'être vivant, et que la nourriture soit bonne.

Plus tard il descendit au cellier, ouvrit la cachette et en sortit le fusil. Parfois il le chargeait, sortait et tirait. Les oiseaux, ébranlés par la déflagration, s'enfuyaient. Une fois, il avait expliqué à Amalia pourquoi il faisait cela : « C'est pour que les émeutiers sachent, en bas, que nous avons une arme. S'il faut se battre, nous nous battrons. » Son frère lui avait alors semblé être un combattant courageux et déterminé au plus profond de son âme, paré au pire. Un autre jour, après avoir tiré et observé l'effet qu'avait produit le coup, son frère lui était apparu non pas comme un gardien de tombes saintes mais comme un homme habité par son imagination.

Cette nuit-là il ne tira pas. Ils restèrent assis et burent lentement. Amalia embellissait de jour en jour. Une manière de noblesse nimbait son visage et sa silhouette. Il eut un instant la sensation qu'il ne fallait pas s'adresser à elle avec la langue du quotidien, mais qu'il fallait choisir les mots avec soin et lui parler en chuchotant.

Tard dans la nuit, elle lui confia que les voix étaient revenues.

– Et que t'ont-elles dit ?

– « Ne crains rien, ma fille, je serai partout avec toi. »

– Et toi, qu'as-tu répondu ?

– Rien. J'ai baissé la tête.

– Tu as bien fait.

Il voulait encore la questionner, mais une fatigue lourde s'empara de lui. Il s'effondra et s'endormit.

30

Le lendemain une pluie froide tomba, et Gad, posté à l'entrée de la synagogue, priait les gens de venir loger dans sa maison. Penser qu'il avait ainsi la possibilité d'accomplir une bonne action remplissait son âme du désir d'agir, mais aucun ne réagissait à sa proposition. Ils avaient visiblement peur d'être bloqués en haut, et cela leur donnait un air misérable. Certains vinrent demander s'il y avait un raccourci pour la plaine, d'autres se renseignèrent sur le caractère des paysans. Gad avait l'esprit agité. Finalement il dit :

– Mieux vaut, pour l'instant, s'asseoir et attendre, et autant le faire dans une maison, près d'un poêle.

La prière du matin n'adoucit pas l'épouvante. Les nuages s'étaient massés sur la cime et les pluies qui s'étaient ensuivies avaient renforcé le sentiment que, puisque les Anciens n'arrivaient toujours pas, cela signifiait que l'épidémie était à son paroxysme. Ils étaient certainement occupés à tenter l'impossible à la place des pèlerins et mieux valait se dépêcher de descendre. Qui savait ce que l'Ange de la mort pouvait encore infliger?

Où sont les Anciens ? Hein, où sont-ils ? ne cessaient de supplier les regards. Chaque année ils se tenaient là, courageux, réconfortants, broyant la peur, la réduisant en miettes. Seule la peur arrachée à la racine libère de l'espace pour la foi, qui requiert la tranquillité de l'âme.

À présent, la cime enveloppée dans des brouillards mouvants ressemblait à un lieu coupé de la terre. Les gens tâtonnaient, comme des aveugles. « Que sommes-nous et que sont nos vies ici ? Pourquoi ne descendons-nous pas sauver ce qu'il reste à sauver ? »

Il y avait des années de cela, un Ancien paralytique était arrivé en cette saison, porté sur un brancard. Il parlait avec difficulté, mais son attachement profond au lieu était évident. Il s'était adressé aux martyrs en les appelant par leur nom et les gens avaient vu, de leurs yeux, que les cieux n'étaient plus sourds et qu'on pouvait leur parler. Depuis, de nombreux Anciens étaient venus et ils avaient tous, à leur manière, accompli des prodiges.

Dans la nuit, au plus fort du froid, quelques femmes et les deux enfants acceptèrent d'être logés dans la maison. Amalia plia quelques couvertures et descendit à la cave. Les deux poêles grondaient comme en plein hiver. Gad s'empressa de couper une miche de pain, beurra les tranches et servit du café dans de grandes tasses de porcelaine. Les femmes burent avec avidité.

– Quand les Anciens arriveront-ils ? demanda l'une d'elles, la voix tremblante.

– Ils doivent forcément arriver, répondit Gad, d'une voix qui n'était pas la sienne. Les Anciens sont venus ici même lorsque l'armée bloquait les routes. Quelqu'un les conduit, toujours.

À ces mots, le visage de la femme resplendit, comme s'il lui avait confié un secret.

Le lendemain, l'horizon s'éclaircit et un grand soleil pâle apparut dans le ciel. Ils étaient tous sur l'esplanade et avaient le sentiment, partagé par Gad, que bientôt afflueraient d'autres pèlerins, bons et nombreux, et amenant avec eux les Anciens. Quelques personnes allèrent couper des branches et allumèrent deux feux. L'odeur des branches mêlée à celle du café redonna au lieu son statut colossal : ici on pouvait prier, et recommencer à prier. Si on s'y efforçait, il y avait un espoir. Celui qui grimpait sur les grands rochers ne devait pas désespérer, ne fût-ce qu'une seconde.

Après la prière Gad apporta deux paniers, l'un rempli de fruits frais et l'autre de fruits secs. Gad faisait tout en hâte, et avec une sorte d'application forcée. Ce faisant, il dissuadait les gens pressés de descendre car, à présent que le temps s'était amélioré, il n'y avait plus de doute, l'arrivée des Anciens était imminente, et il ne fallait pas manquer leur bénédiction.

Un autre jour passa sans que les Anciens viennent. De plus en plus de pèlerins estimaient que, s'ils n'étaient pas là d'ici le soir, il n'y aurait d'autre choix que de descendre. Gad apporta deux bouteilles de Slivovitz et en servit aux gens dans des petits verres. Les gens firent la bénédiction, burent, et une sorte de courroux s'empara de leurs visages. Mais les femmes, fidèles au lieu, ne quittèrent pas les tombes et continuèrent de prier en silence. Les deux enfants étaient debout près du portail. Leurs visages exprimaient un vif étonnement. Gad leur apporta du gâteau au fromage blanc et des tasses de lait. Ils bénirent la nourriture.

Le soir, il trouva Amalia au lit, faible et pâle. Il s'approcha et demanda à voix basse :

– Qu'est-ce qu'il y a ?

– J'ai des vertiges et des nausées.

– Nous saurons bientôt ce qu'il faut faire, dit-il en s'asseyant près d'elle.

Amalia ferma les yeux et s'endormit. Son état s'améliora dans la nuit et elle parla de la cime avec émotion, comme s'il ne s'agissait pas d'un lieu ouvert à tous vents mais d'un village d'enfance, dans lequel les hommes et les bêtes grandissaient ensemble, où la récolte dorait en été, où il faisait chaud et bon dans les maisons en hiver, et où c'était seulement lorsqu'un homme était malade qu'on l'arrachait à ces merveilles pour le descendre en ville, à l'hôpital ou à l'hospice.

– Je me souviendrai toujours de cet endroit, dit-elle, émue.

– Pourquoi dis-tu « je me souviendrai » ?

– Parce que je ne vais pas tarder à quitter la cime, et qui sait quand je reviendrai.

– Le jour venu nous descendrons tous deux.

– Ce n'est pas « le jour venu ». C'est dans une semaine, peut-être moins.

Les mots échappèrent à Gad :

– Il ne faut pas avoir peur.

– Je n'ai pas peur. Je sens que l'enfant demande à venir au monde.

Cette nuit-là, Amalia rêva qu'elle était dans un champ, bêchant les plates-bandes, et qu'elle découvrait soudain dans les herbes un berceau dans lequel se trouvait un bébé. Il était beau et ressemblait beaucoup à Gad. Elle s'agenouillait et à sa grande surprise le bébé s'adressait à elle en l'appelant maman.

Comment es-tu arrivé là, mon enfant ? voulait-elle demander.

– J'ai entendu qu'on voulait me confier à un couvent et je suis venu ici pour grandir entre les sillons.

Que Dieu nous en préserve... Amalia voulait tendre les mains mais elles étaient fermement attachées par des cordes. Elle s'efforçait de se libérer, en vain, et elle se réveilla. Il n'y avait personne dans la maison et le rêve s'évanouit.

Dehors, le ciel était toujours clair et les gens surent qu'il leur fallait descendre, quoi qu'il advienne. Les longues chemises de lin des enfants s'étaient salies et leurs visages étaient rougis par le soleil. Ils ne ressemblaient plus à deux enfants de chœur polis mais à deux bergers venus chercher un instant de repos sous un arbre. Gad demeura un long moment à les observer tandis qu'ils s'éloignaient.

Après leur départ, une angoisse le saisit et il s'assit sur l'esplanade déserte. Il lui semblait qu'un noble sentiment lui avait été arraché du cœur et qu'à présent, ce sentiment disparu, la vie n'avait plus de sens. De retour à la maison il trouva Amalia assise près de la fenêtre. Son visage était calme et elle lui fit bon accueil.

– Leur patience a pris fin, ils ne voulaient plus attendre, dit-il.

– Ils ont des enfants malades à la maison.

– Dommage que les Anciens ne soient pas venus, ils les ont tant attendus.

En son for intérieur, il se réjouit qu'elle ne parlât pas du voyage en Moldovicie. Son visage était limpide, lisse, et Gad se souvint alors de l'hiver et de sa douceur piquante, de l'obscurité qui les avait tenus isolés, de la course du monde, et une sorte de nostalgie l'envahit, comme si le ciel était de nouveau sur le point de les enfermer dans sa cachette.

– Amalia.

– Quoi ?

– Je me demande si d'autres gens viendront.

– Il vaut mieux que ce ne soit pas le cas. Si les Anciens ne sont pas là, il est dur d'être seul face aux cieux.

Plus tard, alors qu'ils avaient bu deux verres de Slivovitz, Amalia dit :

– La nuit dernière j'ai vu notre enfant, très pur et très beau.

– Où ?

– Dans un berceau.

– Et que lui as-tu dit ?

– Je n'ai pas eu le temps de lui dire quoi que ce soit.

– Que s'est-il passé ?

– J'étais lourde et attachée. Je ne pouvais pas prononcer le moindre mot.

31

Ensuite il arriva un grand nombre, une trentaine de personnes, venues des villes, des shtetls et des villages. Des colporteurs, des camelots, et quelques éclopés vivant de leur handicap. Un changeur, que l'on n'avait pas vu sur la montagne depuis des années, ne proposait plus d'argent mais des godillots de l'armée. Son visage était bruni par le soleil, il paraissait en bonne santé, insouciant, comme après une période de service militaire qui lui aurait été clémente. Nul ne s'approchait de sa marchandise mais il ne se mettait pas en colère. Il fumait des cigarettes de tabac fin, contemplant les autres avec une espèce de sérénité.

Les Anciens n'étaient pas venus et les gens restaient près des tombes, comme abandonnés. Quelque temps auparavant, on aurait pu croire que l'épidémie s'arrêterait bientôt, de nombreux signes allant en ce sens. Ce n'était, en fait, qu'une trêve. Dès le début du printemps elle s'était étendue et sévissait sans pitié. Dieu, délivre-nous de cette terrible épidémie, car Tu es notre Père et nous n'avons d'autre bouclier que Toi, imploraient en silence les gens près des tombes. Mais des femmes ne purent se retenir de crier : « Où sont les Anciens ? Où sont les êtres d'un degré supérieur, les Merveilleux qui savent prier, ébranler des mondes et se taire comme personne ? Où sont ces Prodigieux ? Pourquoi nous ont-ils délaissés ? »

Gad se tenait près d'eux, ne sachant comment les aider. Amalia et lui avaient préparé dans la nuit des gâteaux et des brioches. Le matin, il en avait offert aux nécessiteux. Le lait de la vache se faisait rare mais le peu qu'elle avait donné avait suffi à deux malades et aux enfants. Les gens étaient plongés dans leur détresse, ils recevaient ce qui leur était offert sans remercier, mais leur mutisme ne lui faisait pas baisser les bras. Celui qui se trouve dans le malheur en est submergé et il faut l'accepter tel qu'il est.

Sa vie à présent était de nouveau organisée et rythmée. Il se levait tôt, allumait les poêles, étrillait la vache, préparait du café et courait aussitôt se joindre aux gens qui formaient le minyan pour la prière. Ensuite il travaillait une heure ou deux au jardin. Les carottes et le chou se présentaient bien, les tomates rougissaient. Il liait ensemble les fruits et les légumes, les lavait et les apportait sur l'esplanade. Amalia, de son côté, ne ménageait pas sa peine : jusque tard dans la nuit elle ne quittait pas les fourneaux, comme dans une riche maison remplie d'invités. La fixité glacée de sa vie se réchauffait doucement, mais elle ne parvint pas à ressentir la joie que procure l'action. Elle mettait, cependant, un soin extrême à tout ce qu'elle faisait.

Parfois ils se relayaient au travail. Quand Amalia s'effondrait sur sa couche la nuit, Gad se levait. Et ainsi jour après jour. Amalia ne se plaignait pas. Elle faisait de nombreuses choses qu'elle avait souhaité faire durant des années : nettoyer la cave et le grenier, plier des chemises et des pantalons. Elle tricota même un pull pour le bébé. Gad répétait : « Il ne faut pas que tu travailles trop. » En voyant le pull, il demanda, stupéfait :

– Qu'est-ce que c'est ?

– C'est pour le bébé qui va naître.

– Je ne crois pas qu'il faille préparer des vêtements pour un enfant qui n'est pas encore né.

– Alors je l'offrirai à un autre bébé.

Au milieu de la nuit un gémissement déchirant s'éleva dans l'obscurité et fit trembler la cime. Gad savait qu'il s'agissait de douleurs irrémédiables, que c'était une tentative désespérée d'implorer les Pères saints, afin qu'ils agissent au plus vite. Dans les moments sombres, lui apparaissait le visage tourmenté de la tante Sarah, la sœur de leur père, morte du typhus en pleine jeunesse, lors d'une épidémie qui avait emporté beaucoup de monde cet hiver-là.

Mais entre-temps d'autres nouvelles parvinrent de la plaine. Les émeutiers avaient pris le contrôle de la petite ville d'Helinetche. Ils l'avaient pillée. Quelques familles avaient réussi à fuir mais la plupart avaient été surprises dans leur sommeil. Les femmes avaient été violées. Ceux qui s'y étaient opposés avaient été assassinés.

Les mauvaises nouvelles avaient été apportées par des hommes maigres dont l'aspect extérieur était plus éloquent que les mots qu'ils prononçaient.

Et comme toujours, les mêmes questions : que faire et où aller ? Il était de toute façon impossible de combattre sur deux fronts. Ne voyant pas d'issue, ils se jetèrent sur les tombes en poussant des suppliques. La vision de ces gens près des tombes rappelait d'autres pogroms. À vrai dire, il ne se passait pas une année sans émeute. Et cette année, les émeutiers et l'épidémie avaient fait alliance.

Le vendeur de chaussures, qui n'avait pas quitté la clôture depuis des jours, inexpressif et fumant cigarette sur cigarette comme si ces histoires ne le touchaient absolument pas, poussa soudain un cri étrange. On eût dit qu'il baissait les prix pour parvenir à vendre ses godillots. Le cri étrange se répétait avec une sorte d'agressivité, dans laquelle il y avait à la fois une demande et de la colère.

Il s'avéra qu'il appelait sa femme morte depuis peu, et qui l'avait laissé seul avec cinq enfants. Dans un premier temps, les gens ignorèrent ses cris mais lorsqu'ils en surent la raison, ils s'approchèrent de lui. Il les repoussa en disant :

– Ne vous mêlez pas de ça. Vous ne comprenez rien, vous n'avez aucune idée de ce que c'est.

Il parlait comme un homme à peine réveillé d'un sommeil dément.

De fortes pluies tombèrent et les gens se dépêchèrent de partir. Les exhortations de Gad à patienter n'y firent rien. Ils battirent en retraite, comme s'ils avaient été attaqués de toutes parts. Ils agitaient les mains, s'agrippaient les uns aux autres, essayant de ne pas se laisser entraîner par la pente, d'échapper aux saillies, mais leurs efforts étaient vains. Ils trébuchèrent, chancelèrent et dégringolèrent. En fin de compte, ils tombèrent.

– Il ne faut pas quitter la cime après la pluie. Après la pluie tout est glissant, on chute facilement, dit l'un de ceux qui avaient voulu descendre.

Sa voix était si sèche et si neutre qu'elle en était effrayante, mais on ne prêta pas attention à ce qu'il dit, comme si cela n'avait aucune pertinence. Gad demeura près du ravin et accompagna un long moment leur descente du regard.

Le soir vint. Gad ne retourna pas à la maison mais se dirigea vers l'esplanade. Contrairement aux années précédentes elle n'était pas jonchée de détritus. Même des feux il ne restait aucun souvenir. C'était comme si tous ces gens n'avaient pas été ici, serrés les uns contre les autres, mais étaient passés tel le souffle du vent. Les deux acacias déployaient leurs branches clairsemées. Ils firent surgir imperceptiblement le visage robuste et dément du vendeur de chaussures.

Lorsqu'il rentra, l'obscurité était déjà accrochée aux talus. Amalia était assise près du poêle éteint, le visage empreint d'un étonnement froid.

– Ça y est, soupira-t-il.

Au son de sa voix, Amalia baissa la tête.

– Je leur ai dit qu'il y avait suffisamment de place chez nous. Qu'ils pouvaient rester au sec.

– C'est vrai, dit-elle distraitement.

– Toutes les maladies graves viennent de ce qu'on a été mouillé. C'est ce que je leur ai répété, mais ils n'ont pas voulu m'écouter.

Le ciel rougeoya. À l'horizon, des seaux de feu se déversèrent dans la vallée obscure. La vision rappela les jours de gel qui approchaient. Curieusement, il lui sembla qu'Amalia était sur le point d'éclater en sanglots. Il se redressa et dit :

– Il est interdit de sombrer dans une mélancolie noire.

Amalia ne réagit pas. Elle écarquilla les yeux, son regard semblant dire : Pourquoi m'inondes-tu de paroles creuses ? Elles ne font que m'attrister.

– Que dois-je faire, alors ? dit-il comme s'il avait été interrogé.

– Quoi ? demanda Amalia, comme si elle venait de se réveiller.

– Que pouvions-nous faire que nous n'avons pas fait, je demande.

– Pourquoi poses-tu cette question ?

Le regard d'Amalia était redevenu perçant et scrutateur.

– Est-ce que je me suis trompé ? demanda-t-il, sur la défensive.

– Cette année, tu as aidé beaucoup de monde. Des gens de bien, fit-elle, d'une voix qui n'était pas la sienne, avec des mots qui n'étaient pas les siens.

– J'ai eu l'impression qu'ils me fuyaient, dit-il en s'écartant du sujet.

– Si c'est à cause de moi, tu n'as pas de souci à te faire. Dans quelques jours je partirai pour la Moldovicie. Je louerai une chambre chez une vieille. Elles s'occupent des femmes avec compassion. Tu n'as pas de souci à te faire.

Gad baissa la tête et se couvrit le visage des mains, comme si elle lui avait donné un grand coup de marteau.

Lorsqu'il se remit du choc, il comprit que sa vie ne serait plus ce qu'elle avait été. Il devait se séparer de lui-même, de ses rêves et de ses désirs, et se lier à Amalia, comme durant l'hiver. En hiver, alors qu'ils étaient nus côte à côte, il avait senti que son être profond, gourmand et insatisfait, disparaissait et se fondait dans Amalia comme une cascade en rejoint une autre. Nul ne savait ce que l'avenir leur réservait.

– Tu ne partiras pas seule, dit-il d'une voix sourde.

– Je sens que le jour approche.

– J'irai avec toi partout où Dieu t'ordonnera d'aller.

Amalia prit peur :

– Les voix ont cessé de me parler.

Et elle ajouta aussitôt :

– Je peux porter cela toute seule.

– Tu n'es plus seule, ma chérie.

– Ne va-t-on pas nous punir ?

– Dieu seul connaît les pensées des hommes.

– Je prie pour que Dieu nous permette d'élever notre enfant ensemble.

– Il est miséricordieux, dit-il d'une voix rapide et avec entrain, parlant comme les Anciens.

– Cette nuit j'ai rêvé que, comme Isaac, tu m'emmenais pour me ligoter.

– Les rêves n'ont aucun sens, dit-il, heureux d'avoir trouvé la phrase juste.

– Je tremblais tellement.

– Il n'y a pas de quoi avoir peur. Dieu n'abandonne pas ceux qu'Il aime.

Amalia leva les yeux et dit :

– Grâce soit rendue à Dieu, ce n'était qu'un rêve.

32

Ensuite il y eut des jours clairs et Gad travailla longtemps au potager. De retour à la maison, sa tête était rouge et enflée comme une des pastèques qu'il portait dans son grand sac. Amalia aussi s'activait, nettoyant la maison et préparant des repas chauds. Ils restaient des heures près de la fenêtre, s'abreuvant de lumière.

– Bientôt je prendrai la route, disait Amalia, comme touchant un rêve.

– Je vais dresser Limzi à garder le cimetière.

– Et qui gardera la maison ?

– Peu importe la maison.

De temps à autre, des bruits violents éclataient au loin et déchiraient le silence.

– Qu'est-ce que c'est ? s'effrayait Amalia.

– Rien. On entasse des arbres coupés sur les radeaux.

Sa grossesse alourdissait ses gestes, mais elle travaillait rapidement et consciencieusement, ce qui faisait oublier à Gad qu'elle portait un enfant et se préparait à un long voyage. Gad aussi accomplissait tout consciencieusement, sans joie. Il se languissait des Anciens. Une année sans eux était une année aride, une année de mauvais rêves et de tristesse empoisonnée. Plus d'une fois on avait amené des Anciens sur des brancards. Et ils n'étaient pas aussi faibles qu'ils le paraissaient. Ils parlaient ou gardaient le silence avec une détermination identique, et montraient aux gens le chemin vers les cieux. Il y avait quelques années de cela, le vieux Mordekhaï l'avait béni, d'une bénédiction silencieuse, sans le toucher. Tout au long de cet hiver-là, la bénédiction avait plané sur sa tête et malgré les rudes tempêtes qui avaient ébranlé la maison jour et nuit, son assurance n'avait pas fléchi, son esprit était resté éveillé et attentif, exempt de tristesse.

À présent, Amalia se souvenait clairement de la femme grande et noble dont le mari et les deux fils avaient été emportés par l'épidémie. Elle restait assise à prier au bout de l'esplanade, et chaque fois qu'Amalia approchait pour lui proposer un gâteau ou une boisson elle levait ses grands yeux et disait : « Que Dieu te bénisse pour tes actions. » Une fois, Amalia avait osé s'enquérir de son état. La femme, surprise, avait relevé la tête du livre de prières et dit :

– Ma fille, je n'ai plus guère de prise sur le monde.

– Que s'est-il passé ?

– Mes chéris sont déjà là-bas et je compte les rejoindre.

Amalia fut stupéfaite par sa franchise et sa simplicité. Elle avait fermé les yeux.

Mais nul ne vint et la cime se replia de nouveau dans son silence. Les récoltes étaient bonnes. Gad rapportait des pommes de terre, des oignons et des betteraves. Amalia nettoyait les légumes et les entreposait dans la cave. Le verger aussi produisit en abondance. Gad ramena une caisse de prunes mûries tardivement et Amalia en fit de la compote. Près de la chaudière en cuivre, on aurait dit une jeune fille. La tempête est passée, le cauchemar est passé, voulut s'écrier Gad. Maintenant les jours d'automne froids et clairs vont venir et nous pourrons rester au calme.

C'était un égarement éphémère. Amalia lui rappelait que le jour approchait et que bientôt elle descendrait.

« Nous avons encore le temps », disait-il, en repoussant ses propos d'un geste étrange.

Elle se séparait en secret des endroits qu'elle aimait : la fenêtre près de laquelle elle avait passé de nombreuses heures, à travers laquelle elle avait contemplé chaque jour le ciel, à des saisons différentes. Les moments où elle avait pleuré à la vue d'un crépuscule rougeoyant. L'ouverture du poêle et les bûches prises dans des flammes bleues, l'odeur du feu et du bois brûlé. Mauzi et Limzi attachés à elle. Mais plus que d'eux, elle se souvenait à présent des incandescentes nuits de Slivovitz, elle et Gad enlacés sur les épais matelas de paille, gémissant, tant leur passion était grande.

– Je vais partir et tout cela va disparaître, dit-elle, sans mesurer ce qu'elle disait.

Cet automne-là, il y eut des vols et Gad s'en alla plusieurs fois avec Limzi faire le tour de la cime. Il ne faut pas se barricader, il ne faut pas avoir peur. L'enfermement encourage les voleurs, mieux vaut sortir et les précéder. Limzi était éveillé et attentif, et Gad heureux de partir avec lui pour les rondes de nuit. À son retour, les yeux du chien étincelaient comme ceux d'une créature qui a fait son devoir. Les rondes étaient utiles. Limzi poursuivait les voleurs, plantait ses crocs dans l'un d'eux. Ces nuits-là, Gad ressemblait à un soldat professionnel dont la vie militaire est inscrite dans chacun de ses gestes. Il aimait la terre la nuit, le bruissement du vent et les cris des oiseaux sauvages, mais plus que tout il aimait s'allonger dans un fossé qu'il avait lui-même creusé et où il épiait, avec Limzi, la respiration des arbres et des buissons. Parfois, Amalia se souvenait des gens qui étaient montés ici et disait :

– Que deviennent ces malheureux ?

– Ils reviendront vers nous.

– Je n'arrive pas à les oublier. Je les vois tout le temps.

– Qu'aurions-nous pu faire d'autre ?

C'est étrange, se dit Amalia, ils sont partis en laissant quelque chose d'eux-mêmes ici, qui a germé en nous. Ils ne sont pas toujours palpables, il y a des jours où on ne pense pas à eux, mais ensuite ils ressurgissent pleinement, et je sens que je vis en leur compagnie. Gad dit qu'il ne faut pas faire sienne plus que de raison la douleur des autres. Celui qui intériorise et s'identifie ne peut venir en aide. Je suppose qu'il a raison. Mais à présent que je suis sur le point de descendre, je les vois un à un, et je me sens proche d'eux plus que jamais.

Entre-temps les produits de première nécessité vinrent à manquer et Gad décida de se rendre le lendemain au village afin d'approvisionner la maison pour les saisons froides.

– J'en profiterai pour préparer mon voyage.

– Où ?

– Comment ça, « où » ? En bas, bien sûr.

– Attends-moi, lui dit-il, comme s'il s'agissait d'un détail.

– Le temps presse.

– Il faut d'abord pourvoir aux saisons froides. Elles sont imminentes, elles arrivent.

Amalia savait qu'il n'abandonnait pas facilement une pensée qui lui avait traversé l'esprit. Cette fois, c'était la peur de la plaine. Lorsque la peur le saisissait, il devenait plus déterminé. Il faisait face au danger. Il y avait des années de cela, il était parti à la recherche du paysan qui attaquait les pèlerins. Ils s'étaient tous deux férocement battus. Gad était rentré à la maison, blessé, se vidant de son sang. Depuis, chaque fois qu'il exprimait le souhait de descendre, elle voyait, entre autres visions, son visage sanguinolent.

33

Il descendit le lendemain. Amalia et Limzi restèrent sur le seuil de la maison et l'accompagnèrent du regard. Il passa par le chemin qui longeait le cimetière chrétien abandonné. Sa démarche était légère dans le brouillard du matin, collé au sol en cette saison. Lorsqu'il fut presque en bas, il leva la main droite et cria :

– À ce soir. Au revoir, à ce soir !

Avant, la jalousie tiraillait Amalia, à cause des Ruthènes. Elle connaissait ses faiblesses et regrettait qu'il soit dépendant de ces femmes. Cette fois c'était différent, comme si elle n'était pas restée à la maison mais partie avec lui.

Elle s'assit près de la fenêtre et but quelques verres. L'émotion s'effaçait lentement et des visions des jours anciens s'emparaient d'elle. Après la mort soudaine de l'oncle Arié, Gad avait eu une période d'ardeur adolescente et de foi brûlante, il avait étudié le Talmud avec acharnement. Il répétait ce qu'on lui avait dit : « Sans le Talmud, le Juif est porteur d'une tare. » Dans sa jeunesse, son père et quelques précepteurs avaient tenté de lui enseigner les traités faciles. Il avait du mal à saisir leur langage complexe et sinueux. Il savait qu'une vie sans Talmud était une faute, mais cela ne lui avait pas dessillé les yeux pour autant.

Lors de la première année sur la cime, il ne quittait pas d'une semelle ceux qui étudiaient. Dès qu'il pensait qu'un homme étudiait seul, il s'approchait de lui. Il s'aperçut de son erreur. Dans ces lieux un homme n'étudie pas mais supplie et prie pour l'ensemble d'Israël et pour son âme, il tente de réveiller les Pères morts et de percer les cieux. Même les plus chevronnés n'étudiaient pas ici. Amalia se souvenait à présent de ses tentatives comme si elles avaient été les siennes. Elles avaient toutes échoué.

Toute la matinée la vision des jours anciens dans la plaine passa devant ses yeux, en se fondant avec des voix qu'elle avait entendues. Lorsqu'elle était restée cachée dans la cave, de nombreuses voix lui avaient parlé mais elle n'en avait pas saisi le sens. La crainte d'être découverte, l'obscurité et l'humidité la torturaient continûment et lorsqu'elle remontait dans la nuit, l'air frais lui donnait le vertige. Gad ne comprenait pas ce qui lui arrivait. Il lui semblait qu'elle tentait de s'habituer au sous-sol afin de pouvoir y vivre avec le bébé. La cave, s'avéra-t-il, ne lui avait pas fait de bien.

Assise dehors, Limzi à ses pieds, elle s'imaginait maintenant le voyage vers la Moldovicie. Il est pour elle comme un long voyage de noces, planté de paysages enchanteurs et de petites haltes dans des auberges tranquilles. Elle arrive enfin en Moldovicie, oasis de verdure entourée de collines de maïs, et à l'intérieur de cette oasis, des bâtiments bas enduits de chaux bleutée.

À l'entrée de l'un de ces bâtiments, il y a une vieille femme. Lorsque la diligence s'approche de sa maison puis s'arrête, elle se lève, se dirige vers le portail et dit : « Grâce à Dieu vous êtes bien arrivés. Que le jeune homme reste dehors, et toi, ma fille, viens avec moi. »

C'est le début d'une cérémonie qui dure une, deux semaines, parfois plus, jusqu'à la naissance : la vieille s'occupe d'elle, lui donne à manger et l'aide à se laver. Le tout avec mesure mais sans douceur. Le pécheur doit se vautrer dans sa faute et en souffrir. Les souffrances purifient. Le soir, les vieilles ont l'habitude de leur lire avant le coucher quelques chapitres du Nouveau Testament, un passage des Sermons, et un passage des Consolations : le pécheur connaîtra sa faute, mais qu'il ne désespère pas, la délivrance est proche. Gad n'est pas autorisé à entrer car il a pris part à la faute. Qu'il souffre lui aussi, qu'il réfléchisse et paie pour le mal qu'il a commis.

Elle resta longtemps ainsi, en proie à des hallucinations. Les visions se succédaient et l'enivraient. Finalement elle se prépara une petite bouillie, ajouta du lait frais, et mangea. Entre-temps les lumières faiblirent, le soleil descendit de son axe et se rapprocha de la terre. Ce spectacle aussi lui était agréable. Elle imaginait Gad assis dans une carriole chargée de provisions, grimpant lentement, fredonnant une chanson populaire ruthène.

L'obscurité soudaine lui fit peur. Elle rentra avec Limzi et verrouilla la porte. Aussitôt elle fut submergée par de sombres pensées. Pourquoi Gad s'était-il hâté de descendre ? De toute façon, ils devaient partir dans un ou deux jours. À quoi bon acheter des provisions maintenant ? Il n'y avait qu'une explication : ce n'était pas le manque de provisions qui l'avait poussé à partir mais son désir brûlant pour Sofia.

La simple évocation de ce nom fit surgir des images de jours pas si lointains.

Gad rentrait tard dans la nuit, les vêtements exhalant des effluves de vodka et de parfum. Il était ivre et joyeux, et chantait des chansons paillardes. Il était difficile de lui arracher un mot, tant il était éméché. Il était manifeste qu'il avait de nouveau passé du temps sur la couche de Sofia. Elle lui avait massé le corps avec des huiles parfumées et lui avait fait perdre la raison.

Il dormait ensuite deux jours consécutifs. Même cela ne suffisait pas à le faire émerger. Ce n'était qu'au troisième jour que son regard redevenait clair.

– Misérable! ne put-elle se retenir de dire en se mordant les lèvres.

Elle était certaine que cette fois encore, il n'avait pu s'empêcher d'aller vers elle. Limzi sentit sa fureur et s'assit près d'elle.

Tard dans la nuit, Gad revint de la plaine. À son air effondré, Amalia déduisit qu'il avait bu quelques verres à la taverne après ses achats, s'était rendu chez Sofia, avait couché avec elle en lui murmurant des choses à l'oreille.

– Tu as trop bu, dit-elle, en contenant son courroux.

– Il faisait très froid en bas.

Elle essaya de le démasquer :

– Comment se sont passés les achats ?

– Pas facile, cette fois.

– Je commençais à m'inquiéter.

– Il n'y a pas de quoi.

Je vois bien à ton visage que tu as bu à la taverne et que tu es allé chez Sofia, était-elle sur le point de dire, prête à le gifler.

– Je suis harassé. La route m'a épuisé, ajouta-t-il en s'asseyant.

« Tu m'avais promis de ne pas coucher avec elle », lui disait-elle autrefois avec la voix d'une femme trompée.

– La route était longue et fatigante, fit-il d'une voix de paysan.

– Maintenant tu vas pouvoir te reposer, répondit-elle, perfide.

– Tu as préparé quelque chose à manger ?

– Oui.

Gad mangea avec appétit comme après une journée de travail aux champs, tout en lui racontant comment les paysans avaient tenté de le duper. Avec son visage buriné et ses mots empruntés à la langue d'en bas, il ressemblait à un paysan. La dureté de son expression la peinait, ainsi que sa façon d'avaler la soupe, sa façon désagréable de s'asseoir, et les mensonges qu'il proférait de manière éhontée. Un instant elle voulut lui dire : Ça ne te va pas de parler ainsi. Un Juif ne parle pas ainsi. Elle était à une certaine distance de lui, avalant un verre après l'autre, scrutant chacun de ses gestes. Ensuite, de façon inattendue, son cœur s'ouvrit et elle parla des longues journées de solitude contenue, des nuits remplies d'obscurité amère, et d'une amitié qui n'avait pas survécu à l'épreuve. Gad était stupéfait. Il n'imaginait pas qu'elle avait un tel courroux en elle. En fin de compte il s'approcha d'elle et demanda :

– Que s'est-il passé ?

– Tu ne me comprendras pas. Tu ne pourras pas me comprendre.

– Pourquoi ?

– Parce que tu as bu à la taverne des Gentils. Leur vodka t'abîme l'esprit. C'est une boisson grossière qui souille les pensées.

Inopinément, Gad se souvint de la petite Amalia qui portait une longue robe de popeline, des chaussures fermées, et restait des heures sur les marches de l'escalier. Il y avait en elle dans ces années-là une beauté rare. Le silence auréolait son visage d'un voile fin. Elle n'ouvrait que rarement la bouche. Elle prononçait la plupart du temps des monosyllabes, des mots sortant de l'ordinaire, au son cristallin.

Elle explosa :

– Je veux retourner à la maison. Je ne peux pas supporter cet enfermement.

Il s'accrocha à une expression usée :

– Comme tu voudras.

– Je veux aller voir papa, il y a trop longtemps que je ne l'ai pas fait. Il ne faut pas le laisser seul au cimetière.

– D'accord, répondit-il, effrayé.

Plus tard, elle l'étonna en lui disant :

– Tu étais chez Sofia, n'est-ce pas ?

– Moi ?

– Ton visage me dit que tu étais chez elle.

– Non.

– Pourquoi me mens-tu ?

Il se laissa glisser par terre :

– Je n'ai pas été chez elle.

– Alors pourquoi tes vêtements sentent le parfum de la ville ?

– C'est faux. J'ai dépensé beaucoup d'argent à la taverne. J'ai bu jusqu'à en être ivre, pour ne pas aller chez elle.

– Je n'ai pas l'habitude de me tromper sur ce sujet, dit-elle en contenant ses larmes.

– J'ai arraché Sofia de mon cœur comme on arrache une mauvaise herbe à la racine.

– Tu veux dire que je me fais des idées ?

– Ma chérie, je ne suis plus l'homme que j'ai été.

Elle se laissa glisser par terre à son tour, huma son cou et son gilet et dit :

– Pardon, je me suis méprise.

Il voulait lui raconter les pensées qui le torturaient depuis qu'il avait appris sa grossesse, les jeûnes et les serments qu'il allait s'imposer, et l'amour qu'il éprouvait pour elle, plus puissant que tous les désirs, mais sa fatigue était grande, elle l'enlaçait, et elle le fit plier.

34

À son réveil il trouva Amalia qui pétrissait la pâte et préparait de grandes miches de pain. Autour du four flottait une lumière épaisse et brune. Gad sentait la fatigue dans tous ses membres, il la surmonta et sortit brosser la vache. Il avait la vague impression qu'Amalia l'importunerait encore avec Sofia mais à sa grande surprise elle n'en fit rien, et même lorsqu'il rentra de l'étable elle ne dit rien qui pût être interprété comme un reproche ou une accusation.

Il se servit une tasse de café et s'assit non loin d'elle. Sa grossesse arrivait à terme, mais elle travaillait en se tenant droite, avec des gestes rythmés, comme quelqu'un qui n'aime pas rester désœuvré.

– Je vais au cimetière, annonça-t-il comme à l'ordinaire.

– Va en paix, le bénit-elle d'une façon inhabituelle.

– Je reviendrai à midi, dit-il, en s'interrogeant sur la nouvelle bénédiction.

Il prit la bêche et sortit. Des nuages bas rampaient sur la cime et réduisaient la visibilité. Il avait l'intention de se rendre directement au cimetière mais il bifurqua vers le potager. Le jardin était déjà presque vide. Seuls quelques choux avaient poussé; ils exhalaient une odeur de pourriture.

À présent il se souvenait clairement des larges plates-bandes pleines de légumes, des bulbes de pommes de terre d'un rouge terne émergeant de la terre labourée comme des membres vivants. Il se revoyait les ramasser puis les entreposer dans une brouette, et le visage d'Amalia qui s'illuminait, à la vue de la brouette pleine à ras bord. Les betteraves aussi avaient été lourdes, pleines et juteuses cette année. La récolte avait duré deux semaines, semblant interminable. Plusieurs jours après il sentait encore les mottes s'effriter entre ses doigts. Pendant des années, ces carrés de terre avaient donné en abondance. Cette année le rendement avait doublé, voire triplé.

Il demeura debout, immobile. Il se repassait les images de la veille à la taverne : l'entassement et les odeurs. Il avait violemment désiré aller chez Sofia, se repaître de son corps charnu, mais quelque chose en lui, plus fort que la passion, l'en avait empêché. Il avait descendu un verre après l'autre mais n'avait pas réussi à s'enivrer. Une lucidité têtue, anachronique, l'avait torturé tout au long du retour vers la cime. Le cocher en avait rajouté en répétant : « Les Juifs ne boivent pas et ne se soûlent pas. Qu'est-ce qui t'a pris ? Il faut croire que la vie là-haut t'a pourri. » Il n'avait pas la force de se disputer avec lui mais il lui avait dit ceci : « Tu te trompes. Les Juifs sont des êtres humains. Ils boivent, et mangent, et fautent, comme toutes les créatures du Créateur. » Le cocher n'était pas de son avis : « Je connais des Juifs depuis mon enfance, nous étions voisins, j'ai travaillé longtemps chez eux, et il ne se passe pas une semaine sans que j'en transporte : ils ne boivent pas jusqu'à l'ivresse. » N'eût été sa fatigue, Gad l'aurait contredit cent fois, mais il se sentait lourd, épuisé et n'avait pas le courage de répondre.

Lorsque la carriole s'était arrêtée près de la maison, il était persuadé qu'Amalia devinerait ce qu'il avait enduré, et apprécierait sa retenue. Elle savait toujours s'il avait couché avec une femme ou pas. Mais cette fois elle s'était trompée. Il en était contrarié, comme il était contrarié qu'elle lui ait parlé d'un ton ironique. L'ironie lui allait mal, elle déformait sa beauté. Même lorsqu'elle avait demandé pardon, elle n'avait pas effacé de son cœur les taches de colère. À présent il souhaitait lui pardonner. Son attitude près du poêle ce matin disait ceci : tout le monde se trompe, moi non plus je ne suis pas un ange. Ne me juge pas coupable, ôte ce ressentiment de ton cœur. Nous sommes si proches l'un de l'autre, comme si nous n'étions qu'un.

Tandis qu'il parcourait du regard l'esplanade, il s'aperçut que deux stèles avaient été renversées et que celle de Simha Leyper était brisée. Au cimetière, le spectacle était encore plus effrayant. Des injures avaient été peintes en rouge et sur plusieurs stèles on avait écrit : « Mort aux Juifs vivants et malédiction sur les Juifs morts. » Les salauds avaient commis leur forfait à peine quelques heures auparavant. La terre fumait encore et la peinture était fraîche. Gad posa la bêche et se couvrit le visage des mains. Comme dans un cauchemar, il avait l'impression de s'enfoncer dans un sol boueux. Il en eut les jambes coupées.

Puis il se dirigea vers la stèle brisée de Simha Leyper, s'agenouilla, ramassa les morceaux qu'il posa les uns à côté des autres. Dans les éclats de pierre brillait encore le coup de marteau. Il lui semblait qu'une vie dissimulée et interdite venait de lui être révélée. Il enleva son manteau et le déposa sur les éclats.

Des stèles avaient été déterrées puis profanées. Il s'agissait de deux stèles dont les lettres étaient effacées et que les Anciens avaient du mal à déchiffrer. Il les ramassa comme on soulève un homme de sa couche, pour faciliter sa respiration.

À son retour, vers midi, Amalia dormait profondément. Un silence sombre emplissait la chambre. Une catastrophe nous est arrivée, voulut-il s'écrier, mais en voyant son visage crispé dans un mauvais rêve, il se ravisa. Plus tard il s'approcha du lit et appela d'une voix douce :

– Amalia.

Elle ouvrit les yeux, tourna le visage, regarda autour d'elle et s'enfouit la tête dans l'oreiller.

De grandes miches de pain, des pains tressés, des brioches et des gâteaux, qu'Amalia avait préparés depuis le milieu de la nuit, étaient posés sur les étagères. L'odeur de pavot mêlée à celle de la confiture de prunes flottait dans l'air. Gad sentit l'envie de dormir d'Amalia le gagner.

À sa surprise, elle se réveilla de nouveau et demanda :

– Qui est là ?

– Moi, dit-il, sans la toucher.

– Pourquoi le poêle brûle-t-il ?

– Rien ne brûle, ma chérie.

– Il s'est passé quelque chose ?

– Pourquoi demandes-tu cela ?

– J'ai rêvé que des hôtes du monde de Vérité étaient venus nous rendre visite.

– Qui ?

– Papa et l'oncle Leibel.

– Que leur as-tu dit ?

– J'avais très honte.

– Ils étaient en colère après toi ?

– Il me semble que non, mais ils m'ont mise en garde à propos du voyage en Moldovicie.

Plus tard, lorsqu'elle s'éveilla de nouveau, elle se redressa et s'appuya sur les avant-bras. Il lui révéla que des brigands avaient brisé la stèle de Simha Leyper et arraché les deux stèles effacées. Elle tourna la tête et un sourire lui barra le visage. Gad connaissait ce sourire effrayant. Il l'ignora et dit :

– Personne ne nous viendra en aide. On va devoir tout réparer.

– Je ne sais pas faire cela, dit-elle en enfouissant la tête dans ses bras.

Il sembla un instant à Gad qu'elle était sur le point de se montrer une nouvelle fois cruelle avec lui et de l'importuner au sujet de Sofia. Mais non. Amalia était encore prise dans les filets du cauchemar qui l'avait poursuivie et qui lui collait les paupières.

– Pourquoi sont-ils venus me rendre visite ? demanda-t-elle, perplexe.

– La visitation est une grâce des Pères. Nous ne sommes pas seuls au monde, il y a des gens qui se préoccupent de nous.

– Merci, dit-elle curieusement.

– Ce n'est pas moi qu'il faut remercier.

Plus tard, il dit :

– Mauzi ne les aurait pas laissés s'en prendre aux tombes saintes. Il aurait donné son âme et serait mort au champ d'honneur.

Amalia eut l'impression qu'il parlait de son deuxième être, caché et fort, inflexible, exécutant tout avec sérieux et détermination.

35

L'après-midi, ils astiquèrent, à genoux, les stèles profanées avec des chiffons imbibés d'essence. Le visage d'Amalia était concentré et sur sa lèvre supérieure s'agitait de temps à autre un muscle rebelle. Gad ne cessait de parler de Mauzi.

– S'il avait été là, il aurait empêché cette profanation. Mais la main qui l'a empoisonné est la main qui a brisé les stèles. Maintenant, tout ce qui nous reste à faire, c'est venger son sang versé.

Amalia n'écoutait pas ce flot de paroles. Elle frottait et concentrait dans cette action tous ses efforts. La logorrhée de Gad l'assourdissait. Elle était sur le point de lui dire : « Arrête un peu, ma tête explose », mais Gad se tut de son propre chef.

Après quelques heures de frottement intensif, des taches pâles se mirent à briller sur les stèles profanées. Ils avaient fait très attention à ne pas abîmer les lettres qui le furent néanmoins, et Gad passa les doigts sur les endroits frottés comme s'il touchait une blessure. Il avait entouré les éclats de la stèle cassée d'un cadre de bois et ce fut comme un prodige : on pouvait encore lire ce qui y était inscrit.

Amalia s'était tue pendant tout ce temps. Après avoir fini

d'astiquer, elle s'était adossée à la clôture, le visage rouge, de grosses gouttes de sueur brillant sur son front.

– Maintenant, tout est à sa place. S'ils osent revenir, je leur tirerai dessus, grommela-t-il pour lui-même.

Amalia leva les yeux et l'observa. Son frère lui semblait très éloigné. Dommage que les heures passées à nettoyer et le courroux l'aient bouleversé au point de lui faire dire des choses inutiles. Ce n'est pas grave, pensa-t-elle, bientôt il reviendra à lui-même.

– Je rentre, dit Gad.

– Moi je reste encore un peu.

– Je vais creuser deux positions. L'une près de la maison et l'autre ici.

– Vas-y doucement, dit-elle prudemment.

– Je n'abandonnerai pas cette terre, répondit-il d'une voix forte.

Amalia le regarda avec compassion.

– Bon, j'y vais, dit-il, et il partit.

Amalia ne bougea pas. Ces derniers jours de grande clarté lui apparaissaient comme un rêve au beau milieu d'un autre rêve. Elle circulait d'un lieu à l'autre. Parfois le passage était facile mais la plupart du temps elle restait bloquée sur des petits chemins. La route vers la Moldovicie, par exemple, était semée d'ornières. Le voyage était laborieux. Le cocher essayait en vain de faire accélérer les chevaux. Ils étaient lourds et fatigués, le moindre mouvement leur coûtait un gros effort.

Elle comprit soudain que toutes ces années avaient été un long songe qui s'était déroulé dans l'obscurité épaisse. Gad et elle avaient trouvé une ouverture et s'étaient échappés, mais bientôt l'obscurité de l'automne reviendrait et elle les replongerait dans le même état.

– Nous ne devons pas rester ici, nous ne devons pas rester piégés ici, dit-elle à voix haute, et elle se leva.

Elle ressentit le poids de sa grossesse pour la première fois. Elle marcha doucement, en s'arrêtant tous les quelques pas. Elle était triste que Gad ait perdu la maîtrise de lui-même et que les mêmes mots soient revenus. Lui qui avait toujours été économe en paroles parlait soudain comme un désespéré.

Il ne faut pas le laisser seul, pensa-t-elle en pressant le pas.

Avancer lui était pénible. Elle n'avait de cesse de s'asseoir. Curieusement, il lui semblait que jamais plus dans sa vie elle ne referait cette route. Elle se souvint avec nostalgie des buissons de myrtilles près des plates-bandes de légumes, qui mûrissaient en cette saison. Souvent ils s'en régalaient et rentraient à la maison les mains toutes rouges. Elle se rappela aussi le cerisier près du cimetière chrétien abandonné, qui donnait des fruits dès le printemps. Près du buisson d'aubépines, elle avait entendu pour la première fois les voix. Gad ne l'avait pas crue. Il avait prétendu qu'il était interdit d'écouter ces voix, qu'elles étaient certainement des hallucinations. Elle avait souffert de ce qu'il ne l'eût pas cru, mais elle ne lui en avait pas gardé rancune.

Elle avançait lentement et se séparait des lieux. Les arbres lui avaient tenu compagnie, mais aussi les oiseaux et les oies sauvages, qui avaient mangé dans sa main.

Lorsque Gad arriva dans la cour, il alla aussitôt vers Limzi qui l'accueillit avec des jappements de joie. Gad lui servit les restes du repas et dit :

– Nous allons bientôt partir. Je dois creuser des tranchées.

La maison semblait déserte, peut-être à cause des lits défaits. Les odeurs de Slivovitz et de sciure étaient figées dans l'air. La porte du four était ouverte. Une obscurité froide s'en échappait.

Cet abandon silencieux mit Gad mal à l'aise. Il descendit à la cave, en remonta quelques bûches sèches et alluma le four. Le feu prit et l'odeur de Slivovitz devint plus perceptible. Il s'approcha de la fenêtre qu'il ouvrit en grand et dit :

– Cette maison a besoin d'être aérée.

Il venait tout juste de prononcer ces mots qu'il se souvint du périple qui l'avait ramené en pleine nuit de la plaine, de l'obscurité épaisse et des reproches du vieux paysan.

Il avait l'intention de boire une tasse de café et de s'asseoir à la fenêtre. Cette position rassemblait toujours son âme éparpillée après une journée de labeur. Mais le soir devenait de plus en plus gris, et il savait qu'il devait s'en aller préparer les tranchées. Il se saisit de la bêche et se dirigea avec Limzi vers la colline d'en face.

C'était l'un de ses points d'observation préférés. De là il pouvait voir les talus et les champs en terrasses. Comme toujours après les pluies ils étaient là, verdoyants et tranquilles. En quelque temps il parvint à creuser une vraie tranchée. Il s'y glissa pour vérifier la visibilité. Elle était excellente.

– Nous allons nous installer ici et nous les guetterons cette nuit, dit-il à Limzi, en se réjouissant de sa présence.

Il voulut se rendre au cimetière et y creuser une seconde position mais il revit le visage tendu d'Amalia et renonça aussitôt à cette idée.

Tandis qu'il se tenait près de la tranchée, il vit venir Amalia. Elle était vêtue de sa robe marron et marchait à petits pas. Il se hâta vers elle. Elle l'aperçut et s'arrêta.

– Amalia, appela-t-il.

Elle demeura sur place. Son visage était illuminé comme dans un rêve.

– J'ai creusé une tranchée là-haut, profonde et bien protégee. Limzi et moi allons défendre la maison.

À la vue de son visage jeune et enthousiaste elle voulut dire que c'était merveilleux, mais curieusement elle dit :

– Pourquoi tout ce travail, puisque nous prenons bientôt la route ?

– Il ne faut pas rester à la maison. Il faut les précéder.

– Ne te mets pas en danger, mon chéri.

– Nous devons venger Mauzi.

À présent il constatait combien sa grossesse était avancée. Son visage s'était élargi et ses bras partaient vers l'arrière, faisant ressortir son ventre rond. Les peurs et les angoisses s'effacèrent un instant et il parla avec ferveur de l'obligation qu'il y avait à garder les précieuses tombes car les brigands, pleins de haine envers Israël, avaient un but maléfique : exterminer Israël et effacer son souvenir de la surface de la terre. Gad fut stupéfait par le son de sa propre voix. Amalia baissa la tête, comme si ce n'était pas le frère qu'elle connaissait qui lui parlait mais un autre frère, qui avait changé en un jour.

Et il avait changé, en effet. La fureur contenue en lui depuis plusieurs jours avait brusquement surgi.

La nuit, il descendit s'occuper du fusil. Même la façon

qu'il avait d'en prendre soin était différente d'autrefois. Régulièrement, il sortait et tirait. Le coup de feu ébranlait la cime. Amalia lui demandait avec insistance :

– Ne tire pas, mon chéri, les coups m'effraient.

– Nous devons leur montrer que nous n'avons pas peur.

– J'ai peur pour l'enfant, dit-elle en posant les mains sur le ventre.

Gad baissa la tête, comme s'il venait d'être grondé.

36

Gad enfila la veste militaire de l'oncle Arié et partit monter la garde. À plusieurs reprises il prit les ombres de la nuit pour des ombres humaines mais Limzi ne se trompait pas, il restait allongé tranquillement, lové sur lui-même. De temps à autre il se redressait, tendait l'oreille puis se lovait de nouveau sur lui-même. Il semblait à Gad qu'il ne montait pas la garde avec suffisamment d'attention ; il le réveillait et l'envoyait dans l'obscurité. Limzi revenait vite se coucher près de lui. Amalia ne sortit pas. Les volets étaient ouverts et Gad pouvait l'apercevoir. Elle était assise près du four et engloutissait un verre après l'autre.

À présent il revoyait l'oncle Arié vêtu de la veste que lui-même portait. Toute sa stature exprimait sa merveilleuse proximité avec la terre. Il avait été un bel homme, y compris dans ses derniers jours. Une fois, Gad avait demandé à Sofia s'il était venu chez elle. Elle avait nié mais avait dit : « Il n'y a pas d'homme véritable sans une femme cachée. » Les Anciens l'aimaient beaucoup et ils évoquaient souvent son souvenir pour le bénir. Ils rappelaient à tout le monde que sans Arié, sans son courage pour le garder, l'endroit eût été abandonné, et sans lieu saint il n'est point de prière. Ils ne parlaient pas de sa qualité de Juste ou de son adhésion à la foi mais de son courage. La chose gênait un peu Gad, comme si on doutait par là de sa ténacité.

À l'aube une lourde torpeur s'abattit sur lui mais il la surmonta, balaya du regard la cime et les rougeoiements matinaux puis courut avec Limzi vers la maison. Il envisageait de traire la vache et de la brosser mais il se ravisa et rentra. Amalia dormait encore. Une odeur tenace de Slivovitz et de transpiration planait dans la pièce. Elle menaçait de stagner de longues heures. Il alla ouvrir la fenêtre.

Amalia, les yeux fermés, demanda :

– Qui est là ?

– C'est moi, dit Gad en s'approchant du lit.

– Qui a ouvert les rideaux ?

– Quels rideaux ?

Elle se redressa, s'appuya sur les avant-bras et dit :

– Eh bien, les rideaux.

– Tu as rêvé. Dans la plaine nous avions des rideaux, mais pas ici.

– J'ai très mal à la tête, fit-elle.

– J'ai ouvert la fenêtre, dit-il en se dirigeant vers elle à nouveau.

Amalia s'enfouit le visage dans l'oreiller. Gad sortit, alla traire la vache et la brossa. Elle était calme, comme si elle avait compris que ces jours-ci n'étaient pas semblables aux précédents. Gad se sentit soudain très proche de cet animal muet auprès duquel il avait vécu pendant des années.

Il resta un long moment dans la cour. À présent il percevait avec une lucidité aiguë que toute cette douceur, la cour et tous les outils, les pinces, les fourches et les pioches éparpillés aux alentours négligemment, dont Amalia et lui s'étaient servis et qu'ils avaient réparés lorsqu'il le fallait, toutes ces âmes muettes demeureraient là de nombreux jours encore après qu'Amalia et lui auraient quitté l'endroit.

Peu avant sa mort, l'oncle Arié avait dit : « Lorsque le fruit sur l'arbre sera mûr, je ne serai plus ici. » Gad ressentit une proximité secrète et effrayante avec les larges cuves en bois remplies d'eau de pluie. La vache y mettait parfois la tête et s'abreuvait d'eau fraîche. Limzi aussi y trempait ses pattes de devant et lapait. L'eau de pluie était le domaine réservé d'Amalia, elle s'en servait pour la lessive, les jours de soleil. Elle relevait ses manches et disparaissait dans la cuve, à la manière des lavandières. Parfois il l'aidait à tendre les cordes et à suspendre le linge. Là, près des cordes, elle avait le visage de quelqu'un heureux de ce qu'il a.

Parfois, surtout les jours de grand soleil, une poussière de jalousie s'infiltrait dans le cœur de Gad, car Amalia, elle, savait prendre du plaisir à travailler alors que lui accomplissait tout dans une sorte de routine, avec lassitude. Comme s'il agissait à contrecœur. Plus tard, il avait compris qu'elle aussi vivait dans le bonheur des ascensions et l'enfer des descentes. Dans l'ascension, son visage était lumineux comme celui d'une jeune paysanne, plein de désir de vivre, de joie, proche non seulement de lui mais aussi de ce qui l'entourait, et dans les moments de chute – très fréquents – son visage s'enténébrait. Il craignait la métamorphose.

Entre-temps le ciel s'était de nouveau éclairci et le soleil, haut, diffusait une chaleur agréable. Gad était fatigué de sa nuit et pourtant il refusait d'écouter ses jambes et d'aller se coucher. Il se souvint que dans les premières années de leur séjour ici

Amalia coupait en quartiers les pommes reinettes dorées qu'elle étalait ensuite pour les faire sécher sur une natte. Trois ou quatre jours après, le fruit s'était recouvert de quelque chose comme une membrane de peau marron. Avec les fruits séchés Amalia préparait des sirops de compote, et des tartes au maïs, qu'elle disposait parfois dans de grandes assiettes en bois. Il revoyait sa façon de servir le fruit, la grâce qu'il y avait dans ses doigts.

Lorsque le soleil mourait, la lumière sur son visage mourait aussi. Elle se pelotonnait dans des couvertures et annonçait qu'elle quittait le monde. Tous les jours d'hiver n'étaient pas des jours obscurs, cependant. Lorsqu'elle réussissait à préparer un gâteau, qu'il était gonflé, brun, et sentait bon le fromage frais, elle disait : « Le gâteau est bien monté », et la lumière des journées d'été revenait sur son visage.

Il était malheureux que les jours lumineux aient pris fin, et qu'Amalia doive de nouveau se battre contre les petits démons. Il avait souvent vu ces créatures sombres, de méchante humeur, sautillant comme des insectes velus, fondre sur elle, entourer ses épaules. Gad se jetait sur eux avec fougue et Amalia, à ses cris, éclatait en gémissements sauvages, comme si elle le mettait en garde de les provoquer.

Contrairement à lui, elle connaissait des montées et des descentes très brutales. Dans les moments d'ascension les voix lui parlaient, on voyait qu'elle était entièrement reliée au ciel. Elle n'avait pas besoin de la prière ou du savoir des Pères. Le Mystère lui était révélé dans son corps et dans son âme. Mais dans les moments de descente, les démons se jetaient sur elle avec l'appétit d'esprits malfaisants. Durant des années il avait préféré ignorer ces sautes d'humeur. Avec le temps, alors qu'il avait bel et bien vu de ses yeux les esprits maléfiques, il avait compris qu'il ne s'agissait pas d'hallucinations mais de vraies créatures sorties de l'obscurité.

Ainsi il oscillait. Sa vie, en fin de compte, était contenue dans Amalia. Sa vie se reflétait dans sa présence. Près d'elle il avait connu une grande solitude, les tourments de la chair, mais aussi le bonheur et la joie. Même sa religiosité, il ne la devait pas uniquement au lieu et aux Anciens, mais beaucoup à Amalia. Depuis toute petite elle possédait ses propres chemins vers le ciel, et ils s'étaient révélés ici. Dommage qu'il ne lui ait pas permis d'exprimer tout ce qu'elle avait ressenti. Il l'arrêtait, répétait qu'il était interdit de se laisser aller aux mirages. Il y avait toujours en elle la merveilleuse conjugaison du sensoriel et du religieux qu'on trouve chez les paysannes ruthènes. Non pas qu'elle ait appris cela d'elles, ou essayé de les copier. Elle entendait des voix depuis qu'elle était enfant, et ce n'était qu'ici qu'elle s'était autorisée à en parler.

– La peur, la peur, voilà ce qui nous enferme, dit-il, en connaissance de cause.

Leur vie commune dissimulée aux yeux des autres lui apparaissait à présent non pas comme une faute mais comme une force colossale qui les avait attachés l'un à l'autre. Amalia, voulut-il crier, tu ne dois pas te tourmenter, tu es entière et pure. Si Dieu souhaite nous châtier, il doit, au nom de la justice, porter le châtiment sur moi.

Elle émergea de son sommeil :

– Qui est là ?

– C'est moi.

– J'ai affreusement mal à la tête.

– J'ai ouvert la fenêtre. Tu veux boire quelque chose ?

– Non, dit-elle, en enfouissant de nouveau la tête dans l'oreiller.

Gad prit une chaise et s'assit près d'elle. Les visions de l'été, les pèlerins et la floraison sauvage se bousculaient à présent dans son esprit. Il savait avec certitude qu'ils ne reviendraient plus, et la tristesse qu'il avait portée en lui toute la nuit inonda sa poitrine.

Le lendemain Amalia alla mieux et vint près de la fenêtre. Gad prépara du café et annonça que cette nuit ils fêteraient son vingt-quatrième anniversaire. À ces mots, elle inclina la tête comme elle avait coutume de le faire lorsqu'il était très proche d'elle.

Les années précédentes, ils s'étaient soûlés et avaient chanté. Cette fois il savait que ce serait différent, et ce le fut en effet. Amalia revêtit la robe en dentelle qu'elle avait rapportée de chez eux. C'était la robe de la tante Hanna, qui était morte du typhus. Elle ne l'avait jamais portée car elle était trop grande pour elle. Maintenant qu'elle était enceinte, elle lui allait. Gad fit un gâteau aux prunes et prononça une bénédiction sur la Slivovitz.

– Ça fait longtemps que je ne t'ai pas vu porter une kippa à la maison, dit-elle d'une voix inhabituelle.

– Il y a eu des années où je ne me découvrais pas.

– Ça te va bien.

– Pourquoi ne me l'as-tu jamais dit ?

– Tu es beau sans kippa aussi, répondit-elle avec un petit rire.

Une fois qu'ils eurent mangé le gâteau, Gad demanda avec précaution :

– Quand, d'après toi, devrons-nous partir ?

– Demain ou après-demain.

– Nous n'avons rien préparé.

– Moi, j'ai tout prévu, dit-elle, en retrouvant sa voix de jeune fille.

Ils se turent. Gad tentait de glisser un mot de temps à autre mais il n'avait pas la force de briser le silence. Les yeux d'Amalia étaient pleins, et il semblait à Gad qu'elle entendait à présent des voix que lui n'entendait pas.

Au bout d'une heure elle dit :

– J'ai le vertige. Porte-moi au lit.

Il se précipita vers elle, la souleva et la déposa sur le lit. Le silence qui les entourait s'épaissit un peu plus.

Elle replongea dans le sommeil. Son visage était tendu et sur ses paupières glissaient de fines ombres de chagrin. La pensée qu'un linge humide l'apaiserait lui vint à l'esprit.

– Amalia, dit-il.

– Quoi ?

– Tu ne voudrais pas d'un linge humide ?

– Non.

– C'est bon contre les maux de tête.

– Je n'ai besoin de rien, dit-elle.

Gad savait que son sommeil avait regorgé de visions noires et que leurs lambeaux flottaient encore parmi eux, exerçant une pression sur le crâne et les tempes. Les oreillers n'avaient pas le pouvoir de retenir la tension et la douleur grandissantes.

– Pourquoi t'obstines-tu ? fit-il.

Puis il se tut.

37

Le lendemain son visage était brûlant, elle vomit et trembla. Gad l'enveloppa dans trois épaisses couvertures de laine et dit :

– Elles vont te réchauffer, ne t'inquiète pas. Elles vont te réchauffer.

S'il avait eu un cheval, il serait descendu chercher l'infirmier. Le cheval avait succombé deux mois après la mort de l'oncle Arié. Il était vieux, certes, mais ce n'était pas flagrant. Lorsqu'on l'amenait aux pâturages, il redressait parfois la tête et se mettait à galoper. L'oncle Arié l'aimait beaucoup et cette affection l'incitait à dire : « Sounik est un cheval humain, il comprend le désir des hommes et connaît les routes. » Depuis la mort du cheval, la carriole était entreposée dans la cour, comme un corps sans âme.

Il avait voulu racheter un cheval, mais Amalia s'y était fermement opposée. Elle craignait que le cheval le conduise droit chez les femmes ruthènes. Ce sujet revenait souvent sur la table. Une fois il lui avait dit : « Tu le regretteras », et elle, campant sur ses positions, avait répondu : « Je ne veux pas de cheval. »

– Et si je tombe malade ? la provoquait-il.

– Il ne faut pas penser à ça.

– Et si on doit fuir ?

– Nous serons protégés par le Très-Haut.

Elle enterra définitivement la menace. En son cœur il lui en voulait mais bien entendu il ne lui reprochait rien ouvertement.

C'est étrange, se dit-il, la mémoire est un puits secret qui ne perd pas une goutte. Il y a pourtant des choses qu'il faudrait oublier. On n'est pas tenu de se rappeler chaque dispute durant des années. Il lui était désagréable que maintenant justement, alors qu'il voulait être proche d'elle, ce souvenir se soit faufilé et entache ses sentiments.

Le lendemain la fièvre ne baissa pas. Amalia tremblait. Gad essaya de glisser entre ses dents une cuillerée de thé mais elle refusait le liquide. Tous les efforts pour la soulager n'y firent rien. Il resta près du lit, recroquevillé, démuni.

Le soir, elle déversa un flot de paroles. C'étaient des propos confus et des reproches, seul Gad en comprit le sens. Finalement elle se redressa et cria :

– Tu n'es pas ma mère ! Tu es la mère du magasin, la mère des Ruthènes.

Gad non plus ne fut pas épargné : elle le traita de « bellâtre de Sofia ».

Il se tenait près de son lit et posait des linges humides sur son front. Étrangement, il était persuadé que, s'il continuait de la soigner ainsi, elle se calmerait. Ce n'était qu'un vœu pieux. Elle accusait violemment tous ceux qui l'avaient emprisonnée dans des chambres sombres, l'avaient privée de la lumière du soleil, l'avaient frappée avec des lanières dures, l'avaient bâillonnée et avaient voulu l'étouffer. Elle parla beaucoup cette nuit-là de Kimpouloung, où son père l'avait emmenée après sa pneumonie. Elle qualifiait l'endroit de « jardin de lumière ». Elle se mit à ressembler à la petite Amalia timide qui prononçait parfois d'étranges mots que Gad aimait et que leur mère haïssait. Souvent il lui disait : « N'en parle qu'à moi, pas à maman. Ce sera un secret entre nous. » Mais Amalia, inexplicablement, ne tenait pas sa langue et des coups cruels s'ensuivaient.

Or à présent sa bouche laissait échapper non pas des mots glanés au magasin dans son enfance, ni des mots qu'elle avait inventés, mais des mots que les Ruthènes utilisaient, et des mots dont la mère se servait dans ses moments de colère. Étonnamment, une seule personne trouvait grâce à ses yeux : Peter le menuisier. Ce goy grand et beau, d'origine polonaise, venait une ou deux fois par an réparer les étagères du magasin. Un jour, la veille de Pessah, il avait apporté quatre chaises en paille qui avaient donné un coup de neuf à la maison et il avait offert à Amalia un cadeau stupéfiant : une immense poupée en lin.

Que faire ? Gad se tenait devant elle, impuissant. C'était le typhus, il savait qu'il s'agissait du typhus, et la peur lui paralysait les jambes. Un soir, alors qu'il posait un linge humide sur sa tête elle cria :

– Pourquoi me fait-on manger de la bouillie ? Je déteste la bouillie !

Ce n'était pas la voix d'Amalia mais celle de sa sœur aînée, Dvora, qui était morte du typhus alors qu'elle n'était encore qu'une enfant. Elle aussi, comme Amalia à présent, délirait sous l'effet de la fièvre, et la mère, désespérée, s'agenouillait et disait : « Je ne te donne pas de bouillie. Je pose un linge humide sur ta tête. »

Cette nuit-là son visage s'apaisa un instant. Gad suréleva son dos avec deux oreillers et elle lui raconta le rêve qui venait de la visiter, un rêve clair. Elle avait entendu le ciel lui parler : « L'enfant qui est dans ton ventre est l'enfant de la cime des martyrs, il t'est interdit de le confier à un couvent. Après l'accouchement tu dois revenir sur la cime et l'élever dans l'observance des commandements et des bonnes actions. Il sera l'enfant qui distraira les Anciens. »

– Que dis-tu, Gad ?

– Je dis que c'est un beau rêve.

– Les voix douces du ciel m'ont beaucoup réjouie, dit-elle, et sa tête retomba.

La fièvre revint aussitôt et l'étreignit. D'autres mots, ou plus exactement un magma de mots remontant du lointain, mélangé aux mots de la veille, la submergeaient.

Il souffrait d'avoir, dans la précipitation, fait entrer dans la maison des gens malades. Amalia avait certes passé la plupart du temps dans la cave, mais lorsque la maison était vide elle nettoyait, cuisinait, faisait de la pâtisserie. Elle accomplissait son travail avec dévouement, comme un être perclus de douleur qui avait renoncé à ses désirs et ne demandait rien d'autre qu'être au service de ses prochains en détresse. Gad savait que ces gens étaient porteurs de la terrible maladie et pourtant il n'avait pas protégé Amalia. Il avait été persuadé, étrangement, que la maladie ne l'atteindrait pas. La volonté d'Amalia d'aider les autres était plus forte que la peur et l'évitement, et chaque fois qu'il l'enjoignait de ne pas toucher les objets qui leur appartenaient elle disait: « Il ne m'arrivera rien. On ne vit pas pour soi mais pour les autres. »

Pendant ce temps son visage sembla se vider de son sang et son regard devint vitreux. Des gouttes de sueur brillaient sur son front à l'éclat effrayant. Par intermittence elle émergeait de sa fièvre et parlait en vers ou maudissait les Ruthènes qui avaient attaqué les martyrs et profanaient maintenant leurs tombes. Il lui semblait qu'elle prenait de plus en plus l'avantage sur ses nombreux ennemis. Mais cela aussi était une erreur. La maladie s'intensifiait d'heure en heure et elle vomissait chaque cuillerée de thé qu'il glissait entre ses lèvres.

À présent il n'y avait d'autre choix que de descendre. Dans l'après-midi il alla au cimetière et implora le pardon des morts. Il prêta serment: dès qu'Amalia irait mieux, il reviendrait monter la garde pour eux. Il connaissait ici chaque stèle, chaque talus et chaque buisson, sans parler de la clôture et du portail qu'il avait construit de ses propres mains. Il ne connaissait pas le degré de justice et de courage de chacun des martyrs, à la manière des Anciens, mais il avait le sentiment qu'il était relié à eux. Il les imaginait comme des hommes robustes, les hanches ceintes d'une épée, et lui, le petit-fils, s'étonnait toujours de leur taille et de leur courage. Un instant il voulut s'agenouiller, mais il se souvint que ce n'était pas une coutume juive et il se retint.

Une pluie fine tombait. Il revint vers la cour et déplaça la carriole. À sa grande surprise, elle bougea. Il défit les roues et enduisit les rayons de poix. L'effort, et la joie de constater que la carriole ne s'était pas disloquée atténuèrent en lui la tristesse, et il n'eut de cesse de la vérifier sous tous les angles.

Elle était en état de rouler. Finalement il la nettoya et se dit : Dans une heure ou deux nous serons chez l'infirmier. Il l'examinera et lui donnera des médicaments pour soulager la fièvre. Il avait à peine prononcé ces phrases qu'il sut qu'il se berçait d'illusions ; l'affaire ne se résoudrait pas si facilement.

Lorsqu'il eut terminé de préparer la carriole il rentra et annonça à voix haute :

– La carriole est prête, nous pouvons prendre la route.

Amalia ne réagit pas. Elle avait la respiration coupée et son visage était d'une pâleur rosâtre. Ses grands yeux étaient ouverts. Dans leurs pupilles brillait une terreur verte.

– Amalia, il faut prendre des forces, nous allons bientôt partir.

– Quoi ? murmura-t-elle.

– Je dis que nous allons bientôt prendre la route. Les martyrs nous ont enseigné la droiture et Dieu nous protégera.

Elle ferma les yeux.

– Tu n'as pas à t'inquiéter, nous sommes entre de bonnes mains.

Il alla dans la cour, libéra la vache et la renvoya. Elle commença par refuser de quitter l'étable, mais finalement elle obéit à ses exhortations et fit un mouvement de côté, l'air vexé d'être chassée de chez elle. Limzi poussa des aboiements saccadés, baissa la queue et s'écarta. Gad s'approcha de lui et lui dit :

– Maintenant, tu vas garder le cimetière et la maison. Tu ne dois pas avoir peur. La peur est un défaut.

Limzi baissa la tête, comme réprimandé, et Gad poursuivit :

– Je dois descendre Amalia chez l'infirmier. Il va l'examiner et lui donner des médicaments pour faire baisser la fièvre. Toi, ne laisse personne s'approcher de la maison. Les Ruthènes ont l'intention de saccager le cimetière. Tu sais combien cet endroit nous est cher. Garde un œil sur la vache aussi, car sans elle notre vie ici n'est pas une vie. Tu comprends ?

Limzi était manifestement effrayé par les multiples recommandations de Gad. Il se recroquevilla et resta près de la vache.

– Tu dois être un héros et ne pas avoir peur. À partir de maintenant, c'est toi le gardien de la cime.

Il avait eu l'intention de mettre dans le coffre arrière des légumes et des produits laitiers mais il y renonça et entassa à leur place deux couvertures, deux oreillers et trois bouteilles de Slivovitz. Il plaça la cassette où se trouvaient l'argent et les bijoux dans le coffre avant et déposa le fusil enveloppé d'une épaisse couverture dans le long coffre de côté.

Il approcha la carriole du seuil de la maison, en capitonna le fond avec deux édredons et porta Amalia jusque-là. Il retourna sur ses pas et ferma la porte, comme s'il partait pour un court voyage. Limzi exprima le désir de se joindre à eux mais Gad le gronda :

– N'oublie pas. Tu es le gardien de la cime. C'est un grand honneur. Ne dors pas la nuit, c'est l'heure des brigands. N'hésite pas à les mordre, ils sont violents et cruels. Il y a seulement quelques jours, ils ont brisé la stèle du martyr Simha Leyper. Tu entends ?

38

La carriole était plus légère que ce qu'il avait imaginé. Les freins fonctionnaient parfaitement dans les descentes. Après un bout de chemin il l'arrêta, tourna la tête pour demander à Amalia comment elle allait. Elle ne réagit pas. Son visage était fermé et une fine couche d'obscurité flottait dessus.

Puis la pluie tomba et il trouva refuge sous un chêne. Le visage d'Amalia s'éclaira un instant. Il lui raconta qu'ils avaient déjà parcouru le tiers du chemin et que, si tout se passait bien, ils seraient chez l'infirmier dans la soirée. Ce dernier l'examinerait et lui donnerait un médicament pour faire tomber la température. Il attendait une réaction de sa part mais son visage resta figé.

– Ne t'inquiète pas, Amalia, Limzi garde la cime. Je l'ai très bien entraîné ces jours-ci. Les brigands savent qu'il a les crocs féroces.

– Pourquoi ai-je si chaud ? murmura-t-elle.

– Parce que tu as une forte fièvre. L'infirmier va te donner un médicament.

– Nous sommes en route vers la maison ?

– Nous allons chez l'infirmier.

– Pourquoi avais-je l'impression que nous voyagions vers la maison ?

– Parce que tu as une forte fièvre.

Il approcha de sa bouche une cuillerée de thé qu'elle avala. Il en ajouta aussitôt une deuxième, puis une troisième.

– Grâce à Dieu, bénit-il.

Une pluie fine tombait, mais il ne la sentait pas. Les maigres paroles qui sortaient de la bouche d'Amalia le réjouissaient infiniment. Il s'encouragea et dit :

– Ôte toute inquiétude de ton cœur. Nous sommes entre les mains des Cieux. Elohim est un Dieu miséricordieux.

La pluie s'arrêta. Il s'attela aux timons et se mit en route. Il avait l'intuition qu'il fallait se dépêcher, et il tenait en effet les timons avec énergie, prenant garde aux bas-côtés de la route, contournant les fossés et freinant comme il le fallait à l'approche d'une descente. Il parcourut la dernière partie du chemin, la plus pentue, avec ses dernières forces. Lorsqu'il parvint enfin au fleuve, ses jambes étaient blessées et sa chemise trempée de sueur mais il ne s'arrêta pas et dans le même souffle déterminé il tira la carriole jusque chez l'infirmier.

Celui-ci, qui au fil des années s'était défait de son allure de paysan, s'étonna de voir un homme attelé à une carriole :

– Qu'est-ce qu'il y a ?

Gad ôta la corde de ses épaules et dit, sans bouger de l'endroit où il était : – Ma sœur est très malade, monsieur.

– Nous allons voir cela, dit l'infirmier, en se dirigeant vers la carriole.

Gad la débarrassa de ses couvertures et fit un pas de côté.

Il lui semblait que l'infirmier allait se pencher sur elle et l'examiner mais l'autre ne bougea pas.

– Que dois-je faire, monsieur ? demanda Gad éperdu.

– Allez directement à l'hôpital.

– On ne peut rien faire ici ? Il faut la soulager, n'est-ce pas ? s'étrangla-t-il.

– Vous savez, je ne suis qu'infirmier, dit l'autre, et une espèce de sourire supérieur envahit son visage.

– Pardon, fit Gad, comme un homme qui aurait été surpris en train de dire des sottises.

– Il faut louer une carriole, tout de suite, dit l'infirmier, d'une voix autoritaire.

– Où est cette carriole ? Où pourrais-je en trouver une en pleine nuit, monsieur ?

– Nous allons envoyer ce jeune garçon chercher le cocher, dit-il d'une voix forte, comme s'il administrait le médicament approprié à une maladie bien connue.

Le jeune garçon partit en courant et Gad le suivit du regard pendant un moment.

– Pourquoi ne parle-t-elle pas ? demanda Gad, comme s'il était ailleurs.

– La maladie est à son paroxysme, le coupa l'infirmier, sans entrer dans les détails.

– Il n'y a pas de médicament pour la soulager ?

– Si, mais seul l'hôpital est autorisé à le délivrer. Nous, les infirmiers, nous n'en avons pas. Nous n'avons que des médicaments légers, qui ne font pas grand-chose, ou des remèdes de grand-mères. Nous orientons les malades dans un état grave vers l'hôpital.

À présent, c'était le paysan qui s'exprimait, dans un mélange de réelle candeur et de naïveté feinte. Gad connaissait cette façon de parler.

– Et là-bas on trouve le médicament ?

– Bien sûr, bien sûr, dit l'infirmier d'une voix qui respirait le mensonge.

Gad contempla de nouveau le visage figé d'Amalia.

– Sa respiration est lourde, n'est-ce pas ?

– Il faut s'occuper de cela aussi, répondit fermement l'autre.

Le cocher tardait. Gad savait que ce n'était pas un retard innocent. En temps de détresse, les cochers faisaient monter les prix, et si le malade était dans un état critique, les tarifs explosaient.

Il regarda autour de lui un instant en ayant l'impression d'être dans un mauvais songe. L'infirmier prenait peu à peu l'allure d'un gendarme agressif. Parfois des gendarmes montaient sur la cime, menaçaient Gad et l'interrogeaient. Il tentait en vain de leur expliquer qu'il était le gardien des tombes, le gardien bénévole. Bien entendu ils ne le croyaient pas et prétendaient qu'il faisait du commerce. Ils exigeaient des pots-de-vin. Gad n'avait pas d'autre choix que de leur donner quelques billets.

L'infirmier, même vêtu à moitié comme un paysan, ressemblait à un gendarme sur le point de sortir un revolver de son étui et de l'arrêter pour s'être occupé de façon criminelle de sa sœur malade.

– Avez-vous connu l'oncle Arié ? demanda Gad à l'infirmier, en s'extirpant du cauchemar.

– Bien sûr que je l'ai connu, c'était un homme du grand monde.

– Le grand monde ?

– Eh bien, nous recevions de lui des informations sur ce qui se passait dans le monde. Des informations précises lui parvenaient. Tu le remplaces ?

– J'essaie, avoua Gad.

– Autrefois des foules montaient vers la cime.

– C'est encore le cas, dit-il étrangement.

– Les Juifs ont moins la foi maintenant, non ?

– La plupart sont croyants.

– J'ai rencontré des commerçants juifs à la barbe rasée et tête nue.

– Des insoumis, il y en a toujours eu, dit Gad, heureux d'avoir trouvé les mots justes.

Le cocher apparut enfin. Le prix qu'il exigeait équivalait à celui d'une vache. Gad fut outré. La colère lui fit dire :

– Quand l'épée est sur le cou, on ne marchande pas.

– Il fait nuit, monsieur, c'est un autre tarif pour les trajets de nuit.

Gad souleva Amalia avec les édredons et la déposa dans la carriole du cocher. Puis il fit passer les objets et le fusil d'une carriole à l'autre.

– Une avance, exigea le cocher.

Et Gad la lui donna.

Le cocher ne réagit pas lorsque Gad lui demanda de rouler doucement. Assis à l'arrière, il pouvait contempler le sommeil d'Amalia. C'était Amalia et pourtant ce n'était pas elle. Les traits de l'enfance étaient revenus sur son visage, dévoilant la candeur et la beauté qu'il aimait tant.

– Qu'est-ce qui t'a pris ? le surprit le cocher.

– Je ne sais pas.

– Elle n'était pas malade avant ?

– Non.

La nuit était calme et sèche. Des nuages bas flottaient sur les hauteurs obscures. La lumière étouffée d'une lampe clignotait ici et là dans les maisons au toit de paille mais la plupart d'entre elles étaient plongées dans un sommeil sombre.

– Vous connaissez l'hôpital régional? demanda le cocher.

– Je ne veux pas le connaître.

Mais plus tard, lorsqu'ils parlèrent de la récolte, il y eut un apaisement. Le cocher lui apprit que la récolte cette année avait été étonnante. Le curé avait ordonné de sortir les icônes lors d'une procession afin de remercier Dieu pour cette bénédiction.

– Là-haut aussi, la récolte a été bonne, lui confia Gad.

– Qui habite là-haut, à présent ?

– Moi et ma sœur.

– Donc c'est ta sœur.

– Oui.

Il comprit aussitôt que c'était un secret qu'il n'aurait pas dû révéler. Après une heure de route Gad demanda à s'arrêter. Il descendit de la carriole et dégagea le visage d'Amalia. Elle ouvrit les yeux.

– Nous avançons bien, dit Gad, étrangement.

– Où va-t-on ?

– À l'hôpital régional. Là-bas on te donnera un médicament pour faire baisser la fièvre. Comment te sens-tu ?

– J'ai soif.

Gad se dépêcha de sortir la bouteille de thé et approcha

de sa bouche une cuillerée. Elle en avala quelques-unes, ferma les yeux et s'endormit. Gad était satisfait. Il offrit une cigarette au cocher. Ce dernier fit surgir du feu avec une pierre et une mèche et le tendit à Gad, qui désirait ardemment fumer et aspira goulûment.

Plus tard, il demanda :

– Quand arriverons-nous ?

La réponse du cocher fusa :

– Nous ne connaîtrons jamais la volonté de Dieu…

Gad ne renonça pas :

– Vous allez souvent là-bas ?

– Quand il le faut.

– Et comment c'est, là-bas ?

– Eh bien… répondit le cocher brièvement, qui ajouta aussitôt : Un hôpital est un hôpital.

– Il y a des chambres pour mettre en quarantaine ?

– Je ne sais pas de quoi vous parlez. Un hôpital est un hôpital et autant ne pas en avoir besoin. Mon beau-frère y est mort. Parfois, mieux vaut aller à l'église et implorer miséricorde plutôt que d'aller chez les médecins.

– L'infirmier m'a dit d'aller là-bas.

– Tout est entre les mains de Dieu, dit l'autre pour couper court, de nouveau.

– Ce n'est pas bien là-bas ? demanda Gad, tâtonnant comme un aveugle.

– Qui a dit ça ?

– Je demandais juste.

– Il ne faut pas poser des questions comme ça. Dieu est partout, même dans les profondeurs de la tombe.

– Vous avez raison, dit Gad d'une voix honteuse.

Il était contrarié que l'autre ne soit pas moins versé que lui dans les questions de foi. Plus encore, chaque fois qu'il s'était trompé, et il s'était souvent trompé cette nuit-là, l'autre l'avait corrigé. Bien entendu qu'il n'y a pas de mauvais endroit, ne savais-je pas cela ? Avais-je besoin d'un Gentil pour me l'apprendre ? Il se sentit une nouvelle fois comme dans un tunnel sombre, rampant avec difficulté, essayant de s'en sortir mais n'y arrivant pas, oubliant des choses évidentes, posant des questions inutiles, pour être, en fin de compte, grondé. C'est ainsi lorsque l'homme faute. Son péché le poursuit, il n'y a pas d'échappatoire.

Il cessa de poser des questions. Une fois seulement il demanda à stopper la carriole pour voir Amalia de près. Lorsque la lumière de la nuit éclaira son visage, elle sursauta et ses lèvres se crispèrent. Elles se crispaient de la même manière lorsque des rêves épouvantaient son sommeil en hiver. Ce souvenir perçant fit naître dans son cœur l'espoir que ce ballottement n'était pas vain, que ce n'était qu'un tunnel de ténèbres au bout duquel se trouverait la lumière.

– Amalia, appela-t-il. Tu ne me reconnais pas ?

Elle ne réagit pas. Il l'appela encore, et la peur étreignit chacun de ses membres. Dorénavant, la route était sinueuse et les cahots, nombreux. La peur et le remords lui accaparaient l'esprit. Un instant il lui sembla que l'infirmier et le cocher s'étaient prêté main-forte pour le tromper. Mais la fatigue était plus grande que tout. Elle eut raison de lui et il s'endormit.

Au bout d'une heure il s'éveilla et demanda :

– Où sommes-nous ?

– En route pour l'hôpital.

– C'est encore loin ?

– Nous y serons au petit matin, avec l'aide de Dieu.

– Merci, dit Gad, et il sentit que sa vie s'enfonçait plus encore dans le gouffre obscur, épais.

La progression était lente et il n'était pas sûr qu'il puisse encore traîner ses jambes et marcher. Il essaya de soulever son corps qui se dressa légèrement pour retomber aussitôt. Je suis apparemment malade, se dit-il. Pourquoi ai-je pris le fusil ? Mes mains sont faibles et je ne pourrai pas m'en servir. Il se souvint avec une merveilleuse clarté des nuits où il montait la garde avec Mauzi et Limzi. C'étaient des nuits chargées du désir de se sacrifier. Son cœur lui disait que lui et les deux chiens courageux repousseraient n'importe quelle attaque. Les assaillants, s'ils osaient s'approcher, seraient roués de coups.

Il aimait l'obscurité sur la cime et la présence des chiens. Tous deux possédaient quelque chose de la détermination de l'oncle Arié. Comme si les animaux aussi héritaient un peu de leurs maîtres. Amalia aimait également les chiens. C'était un autre amour, un amour physique qui avait cessé lorsqu'il s'était rapproché d'elle. À présent il sentait qu'Amalia était comme cet hiver, pleine de désir, s'enroulant autour de lui, mordant sa nuque.

– Amalia, appela-t-il.

Amalia ouvrit les yeux et il lui sembla un instant que le sourire était revenu sur son visage.

39

Comme l'aube commençait juste à poindre, ils arrivèrent à l'embouchure du Prut, sur le parvis de l'hôpital. Gad sortit de sa torpeur et demanda :

– Où sommes-nous ?

– Nous sommes arrivés, dit le cocher.

– C'est l'hôpital régional ? demanda Gad, comme s'il avait longuement préparé cette question.

– C'est cela même.

Autour d'un simple bâtiment se pressaient des dizaines de carrioles. Une odeur de lait brûlé et de crottin stagnait dans l'obscurité du matin. Le cocher descendit de la carriole, tendit la main et dit :

– Le temps est venu de payer le reste.

Gad sortit les billets de sa poche de chemise. Le cocher compta et recompta. Il exigea un supplément qu'il reçut.

– Que fait-on à présent ? demanda Gad, comme s'il s'adressait non pas à un cocher mais à une autorité administrative.

– C'est l'hôpital ici. Ce n'est plus de mon ressort, répondit le cocher, à la manière d'un homme qui souhaite paraître honnête.

– Grand Dieu, je ne sais que faire ! s'écria Gad, comme s'il sortait d'un sommeil profond.

À ce moment-là, ses oreilles captèrent une conversation agitée en yiddish. Quelques personnes étaient assises dans une carriole et d'autres se tenaient à côté. Elles se disputaient violemment. Il était question d'une décision difficile à prendre et nul n'était prêt à en endosser la responsabilité. En fin de compte ils posèrent la question au vieil homme accroupi au bas de la carriole et ce fut lui qui trancha. Les murmures continuèrent de papillonner, comme après un différend dans lequel flotte la culpabilité.

– Allons voir à l'entrée, dit le cocher, lui venant en aide.

Au seuil du portail étaient agglutinés des hommes et des femmes qui tendaient les mains et imploraient à grands cris. La scène évoquait l'entrée du pénitencier le mardi, lorsqu'on faisait passer des paquets aux prisonniers.

– Il n'y a rien à faire, il faut attendre, dit le cocher d'une voix de paysan.

– Que vais-je faire seul ici ? lui demanda Gad. Je ne connais personne.

– Ne t'inquiète pas. Il y a beaucoup de Juifs ici, ils s'entraident.

– Pas toujours.

– Il faut donner des pots-de-vin, c'est ce qui marche, dans ces endroits.

– À qui ?

– Au directeur.

– Vous le connaissez ?

– Non, mais les Juifs le connaissent.

– Restez avec moi une heure encore, jusqu'à ce que le soleil se lève, dit Gad, en lui tendant un billet.

Cette fois, le cocher ne marchanda pas. Gad essaya de se renseigner auprès de ses voisins pour savoir quand et comment on acceptait de nouveaux malades.

– Tout est complet, des dizaines de personnes attendent. Ce n'est que lorsqu'un malade meurt qu'on en accueille un nouveau, lui apprit-on.

– J'ai une malade dans un état critique.

– C'est le cas de tout le monde ici, on ne peut rien y faire.

– On ne peut acheter personne ?

– Il faut acheter tout le monde : la sentinelle, l'employé de la réception, son supérieur, le médecin, le directeur adjoint et le directeur lui-même, bien sûr. Ça coûte une fortune considérable.

– Et vous, vous avez une fortune considérable ?

– Non.

– Q'est-ce que vous attendez, alors ?

– Qu'un malade meure.

Gad était stupéfait. Ces gens-là étaient juifs, et cependant il y avait dans leurs voix une sorte de pragmatisme cruel, comme si la miséricorde les avait désertés.

– Je m'en vais, dit-il au cocher, comme s'il était ailleurs.

– Où ?

– À la maison.

– Quelle maison ?

– Celle où je suis né.

– Je vois que tu n'es pas persévérant.

Il regarda de nouveau le portail. Un colosse se tenait sur le seuil et repoussait les gens qui tentaient d'approcher. Des injures fusaient de toutes parts et le garde menaça d'appeler les gendarmes s'ils ne reculaient pas.

– C'est toujours comme ça ici ? demanda le cocher, un brin moqueur.

– La corruption règne.

– Mais à qui faut-il donner le pot-de-vin ? demanda Gad, d'une voix de commerçant.

– Je vais voir par-derrière, parfois on y trouve la bonne personne, dit le cocher en s'éloignant.

Gad ne bougea pas. Une tasse de café, n'y avait-il pas une tasse de café ici ? L'ancien désir qu'il avait au réveil le tenaillait. Il prit la bouteille d'Amalia et en but quelques gorgées.

Il y avait des années de cela, alors qu'il était encore enfant, son père l'avait amené à l'hôpital pour lui faire enlever les amygdales, qui étaient enflammées. C'était aussi une aube aux tons violets. Son père frissonnait à cause du froid matinal et s'exprimait avec des mots doux, apaisants, inhabituels chez lui. Il avait parlé de la nécessité d'ôter le mal du corps et de le purifier.

Une foule de gens s'agitait en tous sens, au milieu des carrioles chargées de sacs et d'hommes qui semblaient être là depuis toujours. Et l'enfant, après avoir longtemps dominé sa peur, avait soudain éclaté en sanglots. Son père l'avait pris dans ses bras et serré contre son cœur, il lui avait promis que ce ne serait pas douloureux, que ce serait aussi rapide qu'un battement de paupière. Mais les craintes de l'enfant étaient plus fortes que les promesses du père. Il pleurait et suppliait : « Pas maintenant, pas aujourd'hui. » Ne parvenant pas à l'apaiser, son père le gronda : « Tout le monde souffre. Il y a de terribles maladies, et de terribles souffrances. Il ne faut pas faire l'enfant gâté en ce monde car ce monde n'est rien d'autre qu'un battement de paupière, la vérité et la droiture nous attendent dans le monde de Vérité. » Mais ces paroles n'avaient pas adouci le chagrin de l'enfant qui avait continué de gémir, comme s'il venait d'apprendre que le monde était un gouffre béant, et qu'on allait bientôt l'y précipiter.

Durant sa longue attente, l'enfant était parvenu à la conclusion que le précipice ne tarderait pas à s'ouvrir et qu'il serait englouti. Le père tenait la main tremblante de l'enfant et répétait sa promesse : ce ne serait pas douloureux, et aussitôt après l'opération il lui achèterait un jeu d'échecs.

Lorsque le médecin avait finalement ouvert la porte, et que les murs bleus avaient brillé dans une lumière humide, il avait tenté de fuir, mais son père l'avait retenu avec ses deux bras maigres comme des serres. Le médecin, un vieil homme dont les sourcils ombrageaient ses petits yeux pleins de bonté, lui avait ordonné d'ouvrir la bouche, l'avait examinée à plusieurs reprises et avait dit finalement d'une voix douce : « Il n'y a pas lieu de se dépêcher. Pourquoi se dépêcher ? On va attendre un mois ou deux et puis on verra. » Et au lieu de l'attacher au lit, de l'endormir et d'opérer, il avait noté sur une feuille blanche le nom d'un médicament et d'une pharmacie. Pour lui-même, il n'avait demandé que quelques piécettes.

« Le salut est comme un battement de paupière », dit son père lorsqu'ils quittèrent le cabinet du médecin. Et c'était un reproche indirect qu'il se faisait à lui-même, car il n'avait pas eu la foi et s'était laissé aller au désespoir. Et l'enfant avait éprouvé un grand soulagement. Il pleurait mais c'étaient d'autres larmes, des larmes apaisées, qui avaient coulé jusqu'à ce qu'il s'endorme dans les bras de son père.

Ce souvenir ancien l'avait cloué sur place. Leur père aimait beaucoup Amalia, et chaque fois qu'elle était triste ou malade il s'asseyait près d'elle et lui caressait la tête. Leur mère en était fâchée et disait : « Tu la gâtes trop. »

Gad se dirigea vers la carriole. À sa grande surprise, Amalia était réveillée.

– Amalia, grâce soit rendue à Dieu ! Comment te sens-tu ?

Elle ne répondit pas.

– Il y a foule ici. Je me demande s'il faut partir à la maison ou en Moldovicie.

– En Moldovicie, murmura Amalia.

– Je pense que tu as raison.

À ces mots, elle ferma les yeux.

Entre-temps, le cocher était revenu :

– Il y a beaucoup de tension. Les gardes frappent les gens sans pitié.

Gad leva les yeux vers lui :

– Qu'allons-nous faire ?

– Je connais une clinique privée pas loin. Elle peut peut-être se faire hospitaliser là-bas.

– Est-ce que tu viendrais avec moi ?

– Si tu paies.

Gad lui tendit quelques billets. Le cocher les compta, plissa les yeux, fit le calcul et dit :

– Ça ne vaut pas le coup pour moi, mais je vais le faire pour la mitsva.

Gad fut surpris que le cocher ait prononcé le mot juif exactement comme il fallait.

– Vous connaissez bien les Juifs, vous.

– Si on veut.

– Vous avez travaillé chez eux ?

– Dans ma jeunesse je transportais leur marchandise. On me payait toujours comme convenu, mais une fois, un commerçant m'a roulé, il s'est enfui sans me payer. Depuis, je ne fais rien avant d'être payé.

– Tu as raison, dit Gad.

– C'est dans la nature des hommes de pécher, n'est-ce pas ?

Soudain la cime lui apparut, telle qu'il ne l'avait pas vue depuis longtemps. Éclairée par une lumière rasante, douce et pleine de miséricorde. Il se voyait dans la cour, Mauzi et Limzi à ses pieds. Amalia suspendait le linge et l'odeur de la lessive, mêlée à celle de l'amidon, flottait dans l'air. Amalia était ronde. Sa grossesse était visible, sauf dans ses gestes. Gad se réjouissait que sa sœur soit aussi son grand amour. Il était si heureux qu'il se mit à sauter par-dessus les cordes. Amalia en fut stupéfaite et dit : « Gad, qu'est-ce qui te prend ? » Et Gad répondit aussitôt : « Je suis heureux que tu sois mon amour. »

– Je n'ai jamais vu quelqu'un exprimer sa joie ainsi.

– C'est une de mes inventions, dit Gad, et tous deux rirent.

Ils prirent la route en direction du sud, Gad était content d'avoir trouvé un cocher prêt à l'accompagner. Un instant il voulut le remercier mais il comprit aussitôt que l'autre interpréterait cela comme une faiblesse et demanderait un supplément. Amalia n'avait pas ouvert les yeux ni prononcé une parole. Il lui toucha le bras et s'écria :

– Amalia, je suis près de toi.

Elle laissa échapper un râle qui ressemblait à un soupir.

– C'est bon signe, non ? demanda-t-il au cocher.

– C'est fort possible, répondit celui-ci.

Il avait déjà remarqué que le cocher ne prenait pas de risques. Il s'interrogea sur la raison de ces dérobades et comprit aussitôt qu'elles n'étaient pas innocentes.

Deux heures plus tard ils firent halte près d'une taverne. Ils burent quelques verres et le cocher donna son avis :

– Jeune homme, tu sais boire. D'habitude, les Juifs ne savent pas boire, mais toi oui.

C'était une taverne à l'ancienne, à l'image de celles où ne s'arrêtaient pas les Juifs. Une odeur de sueur des bêtes et de maïs moulu flottait dans l'air. Ils étaient assis dans une cour à ciel ouvert. Le matin s'annonçait, frais et éclatant. Et Gad vit de nouveau la cime devant ses yeux. Il se couvrit le visage des mains et sut que les brigands avaient pillé la maison. Ils avaient d'abord empoisonné Limzi avec de la viande, et ils avaient conduit la vache en bas pour l'égorger. Après avoir dévalisé la maison, ils s'étaient dirigés vers le cimetière. Là, ils avaient renversé les stèles et les avaient brisées. Même les plus solides n'avaient pas résisté à la fureur des bêches. Puis ils avaient fait irruption dans la synagogue. Ils avaient eu du mal à forcer la porte et avaient dû s'aider de lourds outils en fer. Pour finir, ils avaient déboîté la porte et s'étaient rués à l'intérieur.

Y retourner, y retourner immédiatement, voulut-il hurler, mais sa voix resta prisonnière de sa gorge. Pourtant, le mot

« retourner » se fraya un passage. Le cocher leva les yeux et s'étonna :

– Retourner où ?

– Non, pardon, se reprit-il. Avançons. La route est encore longue ?

– Une heure ou deux.

– Grâce à Dieu !

– Chez nous, on ne remercie que pour ce qui a été accompli, le corrigea le cocher.

40

Ils cheminaient le long du Prut et le cocher se plaignait :

– Les Juifs me font toujours dévier de mon chemin. L'argent ne peut pas tout résoudre. Il y a des choses plus importantes. La vie est plus importante que les biens. Seuls les Juifs ne sont jamais rassasiés par l'argent.

Il était ivre et parlait de manière saccadée. Gad en oublia un instant sa détresse et l'observa. Il avait côtoyé ce genre d'hommes depuis l'enfance mais les années sur la cime lui avaient fait oublier leur façon de parler. Il le contempla encore, comme si l'autre avait prononcé des merveilles.

– La route est encore longue ? demanda Gad.

– Ne demande pas.

– Pourquoi ?

– Parce que ça la rallonge.

Cette étrange explication fit sourire Gad. Le cocher le fixa d'un regard perçant et dit :

– Les Juifs rient de tout. Un rien les fait rire.

Il se dégrisa et devint plus bienveillant. Gad demanda à ce qu'on arrête la carriole. Le visage d'Amalia était paisible, comme si elle flottait sur l'obscurité qui l'enveloppait.

– Amalia, appela-t-il, je suis près de toi.

Il posa sa main sur son front et ajouta :

– Tu n'as pas l'air d'avoir de fièvre. Nous sommes en route pour la clinique. Je suppose que là-bas c'est plus calme, un médecin t'examinera et te soignera. Si tu vas mieux, nous poursuivrons vers la Moldovicie, tu m'entends ?

– Oui.

– Tu sembles aller mieux.

Une peur profondément ancrée refit soudain surface :

– Qui garde le cimetière ?

– Limzi.

– Mieux vaut que Dieu garde le cimetière.

– Je ne me fais pas de souci. Limzi est un chien courageux.

Il venait tout juste de prononcer ces mots qu'il savait déjà que ce n'était qu'un vœu pieux. Un chien est un chien, on peut l'empoisonner facilement. La vérité était là.

Ils reprirent la route. Le cocher lui raconta que l'hôpital avait eu son heure de gloire et s'était appelé « l'hôpital du Docteur Marcus ». Les gens venaient de toute la région, et les Juifs aussi, bien sûr. La voix mesurée du cocher adoucit un instant ses craintes et il se dit : Maintenant Amalia dort, le sommeil lui fait du bien, le sommeil la guérit.

Tandis qu'ils cheminaient toujours sur les rives du Prut, Gad releva les yeux et la cime qui avait été cachée jusque-là se dévoila de nouveau dans toute sa robustesse : un rocher aux larges dimensions qui émergeait des montagnes, en forme de champignon sauvage.

– Est-ce la cime ? demanda Gad, d'une voix étouffée.

– Elle-même.

– C'est magnifique ! Depuis la cime on voit de nombreuses merveilles, mais pas cette merveille-là.

– Vous habitez là-haut, n'est-ce pas ?

– Chaque jour que Dieu fait. J'ai hérité d'un grand privilège.

– Et les Juifs y montent encore ?

– Oui.

– Lorsque j'étais enfant, les Juifs grimpaient en nombre sur les chemins. Ils me faisaient peur.

– Pourquoi ?

– Ils m'apparaissaient comme des nains têtus, et parfois comme de dangereux rongeurs.

– C'est étrange.

– Quand j'étais enfant, ils me terrorisaient, je fermais les yeux pour ne pas les voir.

– Et maintenant ? demanda Gad.

– Maintenant ils me font rire, dit-il, et il ricana.

La brève discussion avec le cocher avait fait surgir devant ses yeux la cime dans toute sa réalité, verte, fraîche et ample, comme si elle était encore plus pure. Et au milieu de cet océan d'herbe se tenait Amalia, appuyée à la carriole abandonnée, le visage rempli d'étonnement, comme si elle venait seulement de découvrir la cour et les prodigieux outils qui y étaient dispersés.

La mort du cheval avait affecté Amalia pendant plusieurs jours. Gad la réprimandait : « Il est interdit de porter le deuil des animaux. Même avec les humains, il ne faut pas verser dans l'outrance. » Elle avait également porté le deuil lorsque le chêne près du potager était tombé. Elle avait répété des jours durant :

« Les neiges ont tué mon arbre adoré. » C'était à ce moment-là qu'il avait compris qu'Amalia et lui étaient différents.

Il s'endormit. Dans son rêve Amalia et lui étaient agenouillés par terre et rassemblaient des stèles brisées. Et voici qu'un miracle se produisait : les doigts d'Amalia recollaient facilement les fragments et les stèles redevenaient comme avant. Il essayait de l'imiter mais n'y parvenait pas. Elle avait plus d'aisance et d'agilité.

– Où as-tu appris à reconstituer des stèles ?

– En dormant.

– Qui te l'a enseigné ?

– Les cieux me l'ont montré.

– Cela dépasse mon entendement, disait-il.

Et il tenta de s'extraire du songe. Le rêve flotta devant ses yeux un long moment puis s'effaça. Penser qu'Amalia était pleinement consciente, qu'elle écoutait et répondait, le réjouissait. Étrangement, il se représentait la clinique comme un endroit silencieux, entouré d'arbres, avec des infirmières aux visages avenants. Soudain, la carriole s'arrêta.

– Où sommes-nous ? demanda-t-il, comme s'il était encore en plein rêve.

– Nous sommes arrivés, claironna le cocher.

Gad ouvrit les yeux et vit devant lui des chênes. Derrière les chênes se dressait un bâtiment peu élevé, environné de carrioles, de cabanes, et de feux de camp desquels s'échappait une épaisse fumée.

– Tout est complet, ici, dit-il, surpris.

Et la voix pondérée et pleine de sollicitude du cocher lui revint en mémoire.

– Nous allons surmonter cet obstacle aussi, il ne faut pas désespérer.

– C'est vrai, dit Gad, mécaniquement.

– Il faut s'organiser, dit le cocher, et il commença aussitôt à étriller le cheval et à lui donner à boire.

– Amalia, appela Gad, en passant la tête dans la carriole.

– Qu'est-ce que tu lui veux ? Il ne faut pas la réveiller, dit le cocher d'un ton amical.

– Tu as raison.

– Je vais voir à l'entrée, dit le cocher de sa voix mesurée.

Aussitôt après, Gad sut qu'il avait commis une erreur grave, mais il ignorait encore laquelle et comment la réparer. Les lumières froides de la nuit éclairaient le parvis, et l'endroit lui apparut comme un campement de Tziganes, rempli d'agitation et d'enfants débraillés.

41

C'est une clinique privée, ça ? se demanda Gad lorsque le cocher eut disparu de sa vue. Aucune intimité n'y régnait. Les nombreuses carrioles, les tentes et les volutes de fumée témoignaient plutôt qu'ici aussi, comme à l'hôpital régional, les gens attendaient plusieurs jours sans savoir s'ils allaient être acceptés. Gad voyait ceci : des Juifs de toute sorte, et certains même étaient rasés. Tous s'agitaient, chuchotaient et comptaient des billets. Manifestement la corruption allait bon train ici aussi, mais où trouver la bonne personne ? Avant d'habiter la cime il était tombé dans les filets de la corruption, comme la plupart des gens, mais désormais, après des années sur la cime, cela lui était devenu étranger, et c'était comme s'il hallucinait et entrait dans un monde aux règles différentes.

Il s'approcha d'Amalia et lui raconta qu'ici comme ailleurs chacun ne s'occupait que de soi, et que personne ne prêtait attention à la douleur des autres. S'il le fallait, ils partiraient pour la Moldovicie. On pouvait supposer que les vieilles avaient l'expérience des maladies et des accouchements, mais on devait d'abord étudier toutes les possibilités. Amalia ouvrit les yeux et écouta, mais elle ne réagit pas. Il semblait à

Gad qu'elle comprenait mais que curieusement elle n'osait pas donner son avis. Pendant tout ce temps, un sourire flottait sur ses lèvres.

– Comment te sens-tu, ma chérie ? Tu as mal ?

– Je suis très faible.

– Je ressens aussi une grande faiblesse dans les jambes depuis quelques jours. Bientôt nous serons fixés sur notre sort, dit-il, en s'effrayant des mots qu'il venait de proférer.

Ses pensées s'agitaient en tous sens quand le cocher apparut, porteur d'une nouvelle : il avait trouvé la personne idéale, de mèche avec tout le monde, du vigile à l'entrée au directeur de l'hôpital. Une connaissance, un homme sérieux, en qui on pouvait avoir confiance. Il demandait deux cents, et ferait aussitôt admettre la malade aux urgences. Les médecins l'examineraient et, si besoin est, ils l'hospitaliseraient.

– Je n'ai que trente. Mais pas d'inquiétude, je vais tout payer, jusqu'au dernier sou. S'il faut vendre la maison, je la vendrai.

– Quelle maison ? demanda le cocher, soupçonneux.

– La maison sur la cime, elle vaut deux mille, peut-être plus, je signerai un billet à ordre. La vie avant tout, n'est-ce pas ?

– Ici on ne fait pas affaire avec des bouts de papier. On ne prend que du liquide.

– Que me conseilles-tu ?

– Je te conseille de bien fouiller dans tes poches, je suppose que tu y trouveras la somme qui manque.

– Je ne l'ai pas, dit Gad en ouvrant les pans de son manteau. Si je les avais, je ne marchanderais pas.

– Dans ce cas, je vais rentrer chez moi. Je n'ai aucune raison de perdre mon temps.

– Ne me laisse pas.

– Qu'est-ce que tu croyais ? Qu'on te laisserait entrer à la clinique sans argent ?

Un frisson glacial fendit la colonne vertébrale de Gad, s'empara de ses genoux et s'étendit vers la plante de ses pieds. Ses jambes s'alourdirent soudain, comme si on y avait coulé du métal.

Le cocher répéta :

– Seulement du liquide. Il n'y a que comme ça qu'on peut faire quelque chose. Ici on ne s'amuse pas avec des billets à ordre.

– J'ai seulement trente. C'est tout ce que j'ai.

– Ce n'est même pas la peine de discuter. Je rentre chez moi. Il ne faut pas faire confiance aux Juifs.

– Il ne faut pas planter un homme au beau milieu d'un champ vide, lui répondit Gad, en utilisant son argot.

– Ce n'est pas à découvert dans un champ, il y a des gens ici.

Gad sentait à présent la faiblesse le gagner tout entier. Il s'agrippa à la carriole et dit :

– J'ai un fusil, dis-lui que j'ai un fusil allemand perfectionné, bien conservé, et deux ceintures avec des balles.

– On peut acheter un fusil pour pas cher, ici.

– Pas un fusil allemand. Va lui demander, et tu recevras ta part.

Le cocher hésita un instant puis se dirigea vers la porte à l'arrière de l'hôpital. Gad était contrarié que le fusil, qu'on s'était transmis de génération en génération, qui avait défendu la cime et les gardiens pendant près de soixante-dix ans, passe dans des mains étrangères. Une faute entraîne une autre faute, il n'y a pas de fin à cela, s'accusait-il.

Tandis qu'il surveillait le visage d'Amalia, le cocher réapparut. Il se mit aussitôt à palabrer :

– Le type n'en veut pas. C'est deux cents, en liquide. Si tu ne lui donnes pas la somme et à moi ce qui me revient, tu le regretteras. Je ne vais pas attendre plus longtemps.

– Que puis-je faire ? Dis-le-moi, toi.

Le visage du cocher devint livide de fureur :

– Tu m'as eu ! Tu m'as dit que tu l'hospitaliserais ici, et moi, je l'ai amenée ici. J'ai trouvé la bonne personne et maintenant tu fais marche arrière, soudain tu n'as plus d'argent ! Tous les Juifs ont de l'argent et toi aussi.

– Je ne fais pas marche arrière. Simplement, je n'en ai pas. Tu peux tout fouiller, tu verras que je n'ai pas de liquide.

– Pourquoi m'as-tu fait tourner en bourrique ? Maintenant me voilà dévêtu de tous côtés.

– J'ai une proposition : emmène-nous en Moldovicie et je te donnerai les trente.

– Je n'irai nulle part pour trente.

– J'ai une autre proposition : je vais te donner cette montre, dit Gad, souhaitant apaiser la fureur du cocher. C'est une montre chère, tout en argent. Si tu m'emmènes en Moldovicie, elle sera à toi. Cette montre vaut une fortune.

– Je n'ai pas besoin de montre, grommela l'autre en avalant les mots.

Les jambes de Gad étaient de plus en plus chancelantes

mais il ne renonça pas. Il démontra par tous les moyens au cocher qu'il s'agissait d'une montre chère, qu'on pouvait échanger contre une vache. Les paroles firent leur effet, la montre plaisait manifestement au cocher, et il accepta, à condition de l'empocher tout de suite.

– Là, je vais te donner une avance, tempéra Gad, et lorsque nous arriverons en Moldovicie je te donnerai la montre.

– Les Juifs me font toujours tourner en bourrique. Je ne bougerai d'ici que lorsque j'aurai la montre.

Gad parvint à parer à cette nouvelle demande et, en plus de l'avance, il lui donna un petit canif en nacre.

– Les Juifs me font toujours tourner en bourrique, ne cessait de grommeler le cocher.

– Moi je ne t'ai pas dupé, reconnais-le.

– Tu ne m'as pas dupé mais tu m'as embrouillé.

Un matin tranquille s'étendait sur les champs fauchés. On apercevait des paysans en train de labourer leurs terres et d'autres en train de brosser leur bétail dans les cours. Vus de la cime, les paysans semblaient petits à côté de leur grand bétail. À présent il les voyait de près, et dans leurs proportions exactes.

Ils s'arrêtèrent près de la taverne.

– C'est moi qui offre, dit Gad, et le cocher lui répondit par un sourire.

Ils burent quelques verres. Le cocher avala deux sandwichs au jambon, se fit un peu provocant et dit :

– Je ne comprends toujours pas pourquoi les Juifs ne mangent pas de porc.

– Dieu le leur a interdit.

– Et pourquoi il ne nous l'a pas interdit, à nous ?

– Tu dois poser cette question au curé.

– Je ne pose pas de questions au curé. Les curés disent toujours : « Celui qui fait est plus grand que celui qui questionne. »

Amalia se réveilla. Gad lui confia qu'ils se rendaient à présent en Moldovicie, et que s'il n'y avait pas d'imprévu, ils y arriveraient vers le soir.

– La vieille m'acceptera ?

– Je n'en doute pas.

Amalia était encore très faible mais tout à fait consciente. Elle demanda qu'il rabaisse un peu la toile au-dessus d'elle afin qu'elle puisse voir le paysage.

– J'ai un peu peur, dit-elle.

– Tu n'as pas à avoir peur, je sens que nous sommes sur le bon chemin.

Il avait retrouvé l'optimisme et l'envie d'agir. Il voulut lui raconter une blague, pour la faire rire, mais curieusement il ne s'en souvint pas. Pour finir, il dit :

– Nous avons la même maladie, visiblement.

– Mais tu ne portes pas un enfant ! dit-elle, et ils rirent tous deux.

À partir de là sa mémoire devint brûlante et ressembla à un ballon de verre qui gonfle au fur et à mesure des respirations. Soudain les longs poissons du Prut se dévoilèrent à ses yeux, les mêmes qui lors des années arides sortaient la tête de l'eau en implorant secours. Le lendemain on les trouvait, gisant sur la rive, la bouche ouverte, les nageoires pourries, le désespoir collé au fond de leurs yeux morts. Amalia avait dit un jour en regardant les poissons :

– Papa, Dieu ne les fait pas mourir sans raison.

– Nous ne connaîtrons jamais la pensée de Dieu, avait répondu le père d'une voix basse.

– Mais où est Sa miséricorde ?

– Cela aussi, nous ne pourrons le comprendre.

– Est-ce que nous sommes condamnés à vivre toute notre vie dans l'aveuglement ?

– Parfois Dieu ouvre une brèche et nous montre une infime partie de ses innombrables secrets, avait dit le père dans un sourire.

Son visage était devenu aussitôt perplexe, et elle était restée un long moment sur place, immobile. Elle avait alors dix ou onze ans. Les souvenirs de Gad s'étaient beaucoup émoussés ces dernières années, mais pas celui-ci, comme s'il ne s'agissait pas d'un souvenir ordinaire mais d'un inoubliable moment.

Le soir rougeoya longtemps et il revit les années sur la cime comme si elles étaient déployées sur un tapis de feu vert. Il lui semblait entendre la voix d'Amalia : « Et si nous buvions un verre ? Moi j'ai besoin d'un verre comme de l'air pour respirer. » En son temps cette demande l'effrayait, comme ses contacts avec Mauzi et Limzi, mais la dernière année il s'y était habitué, et même il l'espérait. La dernière année, après quelques verres, il lui ôtait ses vêtements et dévorait chaque pli de son corps. Le souvenir de son corps nu scintilla devant ses yeux et il le désira comme alors.

Ensuite sa mémoire se rétracta et il ne vit plus rien. La douleur dans les jambes était forte, mais le sentiment qu'il avait la même maladie et brûlait de la même fièvre qu'Amalia fit refluer ses peurs. Il se blottit à ses pieds et posa la tête sur la paille.

Lorsque la carriole stoppa, il se réveilla et demanda :

– Où sommes-nous ?

– Nous sommes arrivés en Moldovicie.

– Béni sois-tu, dit Gad avec son ancienne voix.

– Où est la montre ?

– Je vais te la donner tout de suite, dit Gad, en soulevant la moitié supérieure de son corps. Amène-nous chez une vieille.

– Maudites vieilles.

– Pourquoi ?

– Toutes les femmes adultères et les putains vont chez elles.

– Le Créateur les a créées, elles aussi, dit Gad.

– Les Juifs trouvent toujours une excuse à tout.

En ouvrant les yeux, il vit une vieille femme près de la carriole.

– Bonsoir, ma mère, dit-il de la manière dont on s'adressait aux vieilles.

– Que cette soirée soit bénie.

– Grâce à Dieu, nous sommes arrivés jusqu'ici.

Il tendit aussitôt la montre au cocher. Le cocher la prit sans le remercier ni le regarder, comme s'il avait été prisonnier soudain d'un lieu dans lequel on devait baisser les yeux et déguerpir au plus vite.

Cette attitude fuyante n'impressionna pas la vieille. Elle répéta :

– Bienvenue dans ma demeure. Toi, ma fille, viens chez moi. Et toi, mon fils, va te chercher un autre endroit pour dormir.

– Je ne pourrai pas voir Amalia ? demanda-t-il de la voix de quelqu'un qui se réveille.

– Pas dans les jours prochains. Elle a besoin d'un repos complet. On l'a suffisamment trompée comme ça.

– Amalia et moi, nous nous sommes juré d'être ensemble, dit-il d'un ton rêveur.

– Celui qui vient sait pour quelle raison il est ici.

– Je ne sais pas.

– On remet le nouveau-né à Dieu, afin qu'il grandisse et soit élevé sous la protection de Jésus. N'oublie pas qu'il naît dans le péché, et qu'il doit se purifier. C'est une longue route qui n'est pas dénuée d'espoir. Tu me comprends ?

– Nous sommes juifs.

– Il sera baptisé, dit-elle.

Elle releva d'autorité la toile, souleva Amalia de ses bras robustes et ajouta :

– Laisse ses affaires devant l'entrée.

Gad les sortit sans tarder et eut encore le temps d'interroger la vieille :

– Combien ça coûte ?

– Nous sommes au service de Dieu et nous ne demandons rien en échange.

Le cocher s'écarta, comme s'il n'avait pas frayé avec eux dans les profondeurs de la nuit et comme s'il n'avait pas été témoin de cette conversation hallucinée.

Lorsque tout le monde eut disparu et que la nuit touchait son point le plus obscur, Gad s'écria :

– Amalia, ne t'inquiète pas, j'ai un fusil, et je te libérerai !

Puis il enlaça le fusil et s'endormit.

COMPOSITION : PAO EDITIONS DU SEUIL

GROUPE CPI

Achevé d'imprimer en septembre 2005
par **BUSSIÈRE**
à Saint-Amand-Montrond (Cher)
N° d'édition : 491. - N° d'impression : 053438/1.
Dépôt légal : octobre 2005.
Imprimé en France